角兵衛獅子の唄

玄間 太郎

東京図書出版

角兵衛獅子の唄◇目次

【主な登場人物】

角兵衛……………元水戸藩下士の部屋住み。越後月潟村の寺子屋の師匠となり、疲弊した村を救うべく苦心の末に角兵衛獅子を創始する。

重三郎……………十二人の子供を養子として育て、芸をしこむ親方。

■万吉組

万吉（二十歳）……諸国巡業の若親方。江戸深川の長屋の大工からもらわれてきた。両親とは早くに死に別れた。

太一（十二歳）……洪水で家と家族を失う。苦労を一人で背負い、弟をかばって必死で生きてきた。角兵衛獅子たちの中心的存在。

太助（八歳）……太一の弟。芸達者で覚えが早い。

春松（七歳）……父は大酒のみ、母は男と出奔。重三郎親方にひろわれる。

いと（十一歳）……洪水で姉を残し家族全員流される。姉は佐渡の遊郭に売られた。

茂太（七歳）……塩尻宿で万吉組の一員になった。母は病死、樵《きこり》の父は事故で死んだ。

■卯七組
卯七（十九歳）……若親方。一歳のとき旅籠《はたご》の前に捨てられた。ふた親はどこの誰か分からない。いつか母に会いたいと思っている。

小三郎（九歳）……親なしっ子で、ほかの獅子たちと馴染まなかった。

藤八（八歳）……洪水で家も家族も流される。

富三（八歳）……会津からもらわれてきた。

ぬい（九歳）……父は足なえ、母は早くに失明。姉は、追分宿の飯盛女《めしもりおんな》になる。

■清二組
清二（十八歳）……若親方。父親が誰か分からない。母親も流行病にかかり、あっけなく死んだ。

留吉（十歳）……母の不義の子。里子に出されたあと重三郎親方宅へ。

茂七（九歳）……両親は不明。佐渡相川から引き取られてきた。

するゑ（十歳）……父は博打うちで女たらし。母は必死で子供を育てた。

はな（八歳）……貧しい漁村の生まれ。父は海で遭難。母と弟は他界。

■吉徳丸乗組員三役
鳥井兵衛門……越後出雲崎の吉徳丸の船主、直乗船頭。

伝吉……………………楫取り。

作造……………………親仁（水主長役）。

■中国桂林の人々

張剣英……………………桂林雑技団員。角兵衛獅子との交流、競演の立役者。

劉陽景……………………桂林桃源郷の村長。徳のある高潔な人柄。

プロローグ　祭り

ある年の、六月二十四日。

空にも地にも風は吹いていた。

田植えからまだ一カ月半の田が何枚も重なりあって遠くまで望めた。涼やかな緑の風が小波をつくり、若い稲葉がいっせいに揺れていた。

家々の庭や垣根には白い卯《う》の花が咲き、真紅のバラが咲き、紫陽花《あじさい》も青紫に色を移していた。上空ではツバメが高く低く飛び交い、田んぼではカエルが鳴いている。

ここは新潟市南区（旧西蒲原郡）月潟村。梨と手打ち鎌でも知られ、合併前は県下で一番面積の少ない、小さな村だった。

信濃川の分流・中ノ口川の左岸、蒲原平野のほぼ真ん中に位置している。東南は中ノ口川を隔てて大凧合戦で知られる白根市と接している。川沿いに家々が建ち並び、川面より低いところに村があるかのようにも見える。

村は毎年恒例の角兵衛地蔵尊祭り（月潟祭り）でにぎわい、ときめいていた。

笛や太鼓の祭り囃しが流れ、家々の軒先には紅白幕と御神燈が飾られ、あちこちに「角兵衛地蔵尊」の、赤い幟《のぼり》が見える。

月潟村は江戸中期から伝わる角兵衛獅子発祥の地である。

角兵衛獅子は代々、地蔵尊を守護神とし、芸の上達と巡業の安全を祈願してきた。地蔵尊祭りは何度か中断の時代はあったが二百数十年続いている。毎年、地蔵菩薩の命日にあたる六月二十四日、二十五日には必ず巡業先から戻って演技奉納したという故事に倣っている。

新潟市無形民俗文化財に指定されている角兵衛獅子。その地蔵尊祭りは、時を隔てた今も多様な催しで人気だ。

歩行者天国では——。

夕方から子ども山車《だし》行列が人気を集めた。七、八つの山車が繰り出す。

「さあ、行くぞ」

「子ども山車だーい」

かわいい声が通りに流れる。

そろいの法被《はっぴ》がまぶしい。

「わっしょい、わっしょい」

二本の長い綱で山車を引く。何十人いるのだろう。どの子も顔を真っ赤にし、眼を輝かせている。

月潟小学校のマーチングバンドパレードや民謡流し、よさこいにも人が集まる。

村中央、中ノ口川沿いの沿道を約四十店の露店が埋めている。たこ焼きやイカ焼き、焼きトウモロコシにリンゴあめ、あんず、フランクフルト。おいしそうな匂いがたちこめる。

子供たちも、わいわい群れている。

「おれはたこ焼きだ」

「わたしはリンゴあめ」

一方、白山神社境内では――。

「白山大権現」の大幟が高く風にはためいている。月潟太鼓や飛燕太鼓、巻神楽舞などが行われる。だが、何といってもお目当てのメインイベントは「角兵衛獅子の舞」である。ここ白山神社は江戸の昔から演技奉納の場になってきた。

近隣市町村からも多くの人々がつめかけ、野外舞台を見つめている。後方にはカメラを構えた一群。新聞記者の姿もあった。

午後三時。角兵衛獅子の演技が始まる。

演者は角兵衛獅子保存会の小中学生たち。神社参拝の後、野外舞台に向かう。小さい紅い獅子頭、胸かけ、立付《たっつけ》袴、手甲、鉢巻き、帯、足駄履き。昔ながらの可憐な姿、出で立ちである。

「まあ、かわいいこと」

「がんばれ」

拍手がわき起こる。

ピーヒャラ、ピョロロロー
ピョロロー、ピーヒャラ
篠笛の音が鳴る。

テテン、テテン、テテン

テケテケテン、テン、テン
締太鼓が響く。

保存会の囃子方が口上を述べる。演技名を告げ、獅子の子たちを励まし、演技へと先導する。

こんなふうだ。

まずは「舞い込み」という演技。

先ずは、獅子、勇みの技、さっそく取り始まり
（太鼓の音がテンスケ、テンテン、テンスケ）
獅子の頭をぞっくり揃えた
（一列に並んで身を切った）
獅子を生かして悪魔払えと
いちどに、舞い込む
（テケテケ、テン）
あ来た
構えた形は獅子で牡丹か
牡丹唐獅子
（テケテケテン）
さ、たったん

（立ちあがった）
獅子は勢い、どっと向こうへと追い込む
さ来た、こなたで構えた
構えた形は、雌獅子雄獅子か

口上は、昔ながらの独特の節回しである。
獅子たちは無心に舞い、跳ねる。
口上を聞きながら芸を見ていると、その動きがいっそうよく分かる。

お次は「金の鯱鉾《しゃちほこ》」。

いよいよあげ奉るは、こうらん鯱鉾立ち
いよいよしゃんと上げ奉る、尾張名古屋は金の鯱の形
（両肘を折って逆立ち。そろえた両足が、しゃんと上がる）
これで上げたる形は、上に登って尾張で名古屋か、金の鯱立ち
（おお、金の鯱鉾の形だ！）

差し替えましては「蟹の横ばい」。

からだはそっくり立ち合いの技
いよいよ見ておりますれば、あなたよりこなたへと、雌蟹雄蟹の横ばい
（後ろへ身を弛《たゆ》めて四つんばい。手と足を交互に横へ運び左右に移動。みごとだ）

その速さ、妙技。

さて次なるは「乱菊」。

からだはそっくり立ち合いの技
（「はっ」。手を打って頭上に両手をかかげる）
あなたこなたに跳ねかえす、獅子の勢い乱菊

はたまた次なるは「青海波」の型。

からだはそっくり立ち合いの技
いよいよ見ておりますれば、あなたよりこなたへと、
くるりくるりと廻る、大波小波はつかいわけ
（四つんばいをくり返し、左右に移動する）

多くの基本技からなる演技は、この日十種で「これにて打ち止め」。とんぼ返り、逆立ち、鯱立ち、手歩き、横ばい。はらはら、どきどきの、美しい伝統の妙技が繰り出された。

「ほう」

「うわさには聞いていたが……」

さっそうと、しなやかで、躍動感あふれる一つひとつの演技に境内はどよめき、拍手喝さいが鳴り響く。

演技の合間に司会者が観客にマイクを向けインタビュー。

「昭和三十四（一九五九）年の子ども保存会の第一期生でした。今日は孫が初デビューするというので応援にきました。早いものですね」

六十八歳の女性は感慨深そうに語った。伝統は引き継がれている。

角兵衛獅子は明治時代に入るや時代の流れとともに衰退の運命をたどった。児童虐待防止法（昭和八〈一九三三〉年施行）とも関連し、姿を消していった。だが、角兵衛獅子復活の声は強く、戦中の昭和十一（一九三六）年に角兵衛獅子保存会が発足した。当時は月潟芸妓のお座敷芸として行われていた。

戦後。故青柳良太郎村長も角兵衛獅子のもつ高い芸能をぜひ子供たちに伝承したいと切望していた。昭和三十四（一九五九）年、月潟東小学校の江部保治校長に理解と協力を求めた。その結果、十三人の児童が獅子舞の稽古に参加することになった。児童生徒による伝承保存の始まりだった。あれから六十年近くになる伝統芸能である。正確な記録は残っていないが角兵衛獅子保存会の子供たちは現在まで八十人から九十人にのぼるとみられている。今も毎週土曜日、夕方の二時間を稽古に当てている。

角兵衛獅子たちが守護神としていた地蔵尊は中ノ口川のほとり、旧月潟駅の傍にある。その近くには美空ひばりが歌った「越後獅子の唄」の歌碑がある。

笛にうかれて　逆立ちすれば
山がみえます　ふるさとの
わたしゃ孤児《みなしご》　街道ぐらし
ながれながれの　越後獅子

（西条八十作詞、万城目正作曲）

歌碑の横には角兵衛獅子慰霊碑が立っている。

中ノ口川から西へ行くと郷土物産資料室があり、角兵衛獅子資料を保存している。その一角にアララギ派の歌人、斎藤茂吉の歌も展示されている。

紅の獅子の頭を持つ童子　もんどりうって　あわれなるかも
笛の音のとろりほろろと鳴のひびき　紅色の獅子あわれにけり
角兵衛のをさな童のをさなさに　足をとゞめて我は見むとす

可憐で、どこか哀しい角兵衛獅子は、どのような経緯で世に生まれ出たのか。

遠くかすむ弥彦、角田、国上の山々。堂々と変わらぬ風景がある。だが江戸時代、信濃川の支流、中ノ口川は度々大洪水に見舞われた。手に負えない暴れ川だった。そのために月潟村の人々は塗炭の苦しみをなめてきた。

角兵衛獅子の歴史は、度重なる洪水、そして凶作、飢饉と無関係ではなかった。時代に翻弄《ほんろう》された角兵衛獅子の少年少女たちは、果たしてどんな運命をたどったのだろうか。

地蔵尊祭りに一人の中国人の姿があった。名を葉卓栄という。遠くチワン自治区の桂林からやってきた。涙を浮かべながら舞台を見つめていた。

葉は二百数十年前の角兵衛獅子の子孫だった。祖先の一行は月潟村から関東、奥州を経て蝦《え》夷《ぞ》へ巡業、船で出雲崎へ向かう帰途、すさまじい嵐に遭遇。船は洋上で長い間漂流し、中国海南島に流れ着いた。大陸をさまよい、やがて桂林の桃源郷にたどりつき、中国の人となった。

第1章　氾　濫

信濃川の支流、中ノ口川は毎年のように洪水に襲われていた。

徳川家斉（十一代将軍）治世の天明七（一七八七）年六月。

天が裂けたかのような大雨が降り続き、月潟村の勝念寺前の堤防が無残にも大きく鋭くえぐり取られた。後に勝念寺切れといわれた。高さ約七尺（二・三メートル）の堤防の上半分が決壊、勝念寺は高く深く床上浸水した。創建以来七十年の過去帳、家具などが流出した。田畑は冠水し、野菜や植えて間もない稲も全滅。家屋は残らず浸水し衣類や家具、農具も流された。辺り一面泥海と化した。

後に登場する太一（十一歳）、太助（七歳）兄弟と家族はそのとき――。


雷鳴、稲妻、豪雨。

ズズー、ゴォー、ゴォー
地響きではない。激流の音だ。

中ノ口川の堤防が大きな音を立てて裂け、橋が流され、濁流が流れ込んでくるのが見えた。

「川切れだ！　大水だー」

兄弟の家は勝念寺に近い百姓家。納屋の前から猫背の父多三郎の叫ぶ声がした。

「逃げろー」

長兄の豊吉（十五歳）が納屋から走り出てきた。

眼の前に渦巻く濁流がせり上がるように迫ってきていた。鍬《くわ》や鋤《すき》、桶が流れていった。

太一と太助は母屋から飛び出た。

土色の泥水は激しい勢いで兄弟の胸まできていた。

「おおー」

家の中には失明した母ふきと妹のちよ（四歳）がいる。

「かあちゃーん」

豊吉は全速力で家の中へ飛び込んだ。

濁流は瞬く間に家の中まできていた。かまども板の間も囲炉裏も埋まり、行燈やかますや藁《わら》布団、草履《ぞうり》が浮き、流れた。

母は見えぬ眼で妹ちよを抱き、泳ぐように家の外へ逃れ出ようとした。豊吉が懸命に泥水をこいで助けに向かった。

「かあちゃん、ちよ！　俺の肩につかまれ」

豊吉は二人を抱えた。

「うわー」

うねるように襲ってきた濁流に三人はあっという間に呑み込まれ姿を消した。一瞬のことだった。

三人の恐怖と驚愕《きょうがく》の形相を眼前で見ていた太一と太助。

「かあちゃーん、あんちゃーん、ちよー」

叫んだ。

泥水を飲み、喉《のど》がふさがり、声が出ない。

「おーい、おーい」

それでも叫ぶ。

家々が笹舟のように流され、濁流に消えていった。

茫然自失の兄弟。

遠くで「助けて！」と叫ぶ女の子の声が聞こえた。土色の水面に小さな手が沈まんとしていた。母親が両手で死に物狂いでかき抱いた。老人がうめき声をあげながら天をにらんでいた。

その横をなぎ倒された木々が流されていった。木には枝ごとに五匹、六匹、蛇が巻きついていた。吠えつきた犬が四、五匹浮き沈みし、牛が押し流されまいとしてもがいていた。

見渡す限り泥海と化した村。一瞬にして田も畑も埋まった。野菜も稲もすべからくなぎ倒された。

兄弟も流された。

「太助、離れるな！」

太一は太助の手をきつく握り肩を抱いた。

部厚い濁流がドカッと押し寄せてきた。頭からかぶる。息がつまる。

「あんちゃん、怖いよう」

「眼をつぶっていろ」

抱き合って流れに抗った。

ゴォー、ゴォー
ドドドドドー
鳴り響く不気味な音。

「うっ」

太一は、ふいに頭に鋭い衝撃を受けた。一本の太い流木に激しく打たれ気を失った。そのまま速い流れに浮き、沈みして姿を消した。

どのくらいの時が過ぎたのだろう。気がついたとき、そばに太助が倒れ、泣きじゃくっていた。顔も着物も泥だらけだった。家から遠く離れた畑の中だった。

見上げた空はどんよりと薄汚れていた。

泥水は徐々に引いていた。

「気がついたか」

近所の五兵衛じいさんの顔がのぞいた。あちこちに傷があった。

「かあちゃん、とうちゃんは？」

じいさんは何も言わない。

「豊吉あんちゃんは、ちよは?」

やはり何も言わない。

「太助、捜しにいくぞ!」

よろよろと立ち上がろうとした。

「あのな」

じいさんは手で制し、首をふるだけだった。

長い時が過ぎた。

「死んだ?」

太一がつぶやいた。

じいさんはうなずいた。

「かわいそうにのう」

じいさんの声を背に幼い兄弟は家に向かった。家は流されて跡かたもなかった。頭から足まで泥まみれの両親、兄、妹の遺体が並べられていた。恐怖で歪んだ顔のままだった。横で勝念寺の住職が経を唱えていた。

太一は家族の顔の泥を汚れた手拭いで一人ひとり拭いてやった。父も母も眼は落ちくぼみ、髪は氾濫の一瞬の悪夢で白くなっていた。太一は腕で涙をぬぐった。太助は両親の遺骸に抱きついて泣いた。太一は弟が不憫でならなかった。

「太助、泣くな! 泣けば、かあちゃんたちが悲しむ。大丈夫だ、俺がお前を守ってやる」

涙をこらえて言った。

村の年寄りや子どもたちに多くの犠牲者が出た。

濁流が引くと人や数え切れない牛馬の死体があった。


月潟村——。

その地名は、散在する潟湖の形にちなんだとも、湖水に映る月から名づけられたともいわれる。

月潟村を抱く蒲原平野は土地が低く、信濃川に沿って小河川が縦横に走り、いくつもの潟湖や沼地が広がる低湿地地帯だった。中ノ口川の左岸に広がる自然堤防上に、月潟村をはじめいくつもの集落が転々とあった。芦や真薦《まこも》が背高く茂り、キツネやタヌキ、カワウソなどがたくさん棲んでいた。

村は、中ノ口川を利用した交通の宿場として栄えた。

新潟湊に通じる信濃川、阿賀野川の二大河川の本流支流には米や物資を運ぶ舟が盛んに往来した。信濃川には三十七カ所、中ノ口川には十一カ所の渡し場があった。新潟、三条、長岡、江戸への宿場町でもあった。

だが、信濃川の氾濫、中ノ口川の洪水は年中行事のように、霖雨期や雪解けのころ、芋花水《おばなみず》という麻の花の咲く夏のころに村を襲った。手のつけられない暴れ川だった。

中ノ口川の洪水は江戸時代、八十六回記録されている。

太一・太助の家族の命を呑み込んだ天明七年の勝念寺切れ以前にも洪水は途切れることはなかった。

明和三（一七六六）年月潟曲筒抜け、安永年間（一七七二～一七八一）大別当月潟筒抜け……。

すさまじかったのは宝暦七（一七五七）年の信濃川横田切れだった。勝念寺切れの三十年前のことだ。

四月から降り続いた雨が十日あまりもやまず、山地や大小の川から信濃川に流れ込み、中ノ口川との分流近くの横田堤防が切れた。濁流が音を立てて堤防を越え、一瞬にして沿岸の家々を流し、田畑を水の下に埋めた。植え付けた稲は流され、食糧も流された農民は乞食のようにさ迷い歩いた。娘を売ったり、故郷を棄てて逃散したりした。水は三カ月近くも引かず、土手に仮小屋を建てて暮らした。

「横田切れ口説き」は哀切であった。

時は宝暦丁《ひのと》の丑《うし》よ　頃は五月の大水騒ぎ
見るも恐ろし語るも笑止　卯月《うづき》末より皐月《さつき》へかけて
十日余りは日貌《ひのめ》も見せず　山は黒雲はやてをあげて
………
役を支配の役人衆は　虎の威を借り権威をふりて

身分忘れて世間を張れば何処へ出るにも紗綾縮緬《すさやちりめん》
馬の駕籠のと過分の仕方

勝念寺切れの後も、寛政三（一七九一）年大別当水戸下切れがあった。堤防の半分が決壊、家屋被害、三町歩に砂入り被害。文化五（一八〇八）年西萱場切れと続いた。

暴れ川に度々家を流された。それでも住み慣れた地、この村から離れたくない。度重なる洪水とたたかってきた。各村は土手下などに番小屋を作り、蔵物小屋を設けて俵、杭、縄、かけやなどを置いて洪水に備えた。男衆は寝ずの番にあたった。

月潟村をはじめ信濃川流域の農民を水害から救ったのは大河津分水の完成だった。しかしそれは、多くの年月を経た大正十三（一九二四）年を待たねばならなかった。

氾濫や大洪水だけではなかった。

宝暦年間（一七五一〜一七六三）から大火、疫病などが相次いだ。天明期には天候不順が続き、東北の津軽地方をはじめ各地が冷害や干害などによる凶作、飢饉に見舞われた。津軽藩では餓死者十三万人、他国への逃亡者二万人、全村が荒蕪地となったところが多かった。飢饉は全国に広がった。

越後の、月潟村に近い三条町近辺の本成寺領では、飢饉に苦しむ村人は食べられるものは何でも口にした。葛《くず》の根をはじめ草よもぎ、やちすかし、うしぶたい、たも木の葉。土手や道の草が生えなくなるほど取り尽くしたという。

新発田領では大水害の影響もあって宝暦五（一七五五）年末から多くの餓死者が出た。藩はお救い小屋を設けて施粥《せがゆ》を行った。だが、餓死者は止《と》まることはなかった。

天明三（一七八三）年八月、浅間山の大噴火が起きた。灼熱の火砕流は山林を焼き尽くして下り、村々を呑み尽くした。流域の死者は千五百人余に達した。大噴火は火山灰を広地域に降らせ、日照不足と低温化、天候不順、凶作、飢饉に拍車をかけた。

越後各地は五月から八月まで長雨、冷夏だった。夏なのに霜が降る日もあり、綿入れを着るようになった。早くから米の収穫が危ぶまれ、村々はまたしても凶作に見舞われた。

時の将軍は、十代目徳川家治。飢饉は天災というより人災でもあった。凶作のために米が値上がりした。諸藩による米の買い上げと穀留、米穀商の買い占め、売り惜しみなどによる米不足に原因があった。

江戸などでは長屋の住人らが裕福な米屋や富豪に施米を申し込んで断られ、家財などを打ち壊した。

各地で百姓一揆も頻発していた。

第2章　誕　生

太一、太助兄弟が大洪水で家族を失った天明七（一七八七）年をさかのぼること七十年の享保元（一七一六）年。月潟村に角兵衛という寺子屋の師匠がいた。

この年、将軍徳川家継がわずか八歳で他界。紀州藩の三男坊、吉宗が将軍を継いだ。

角兵衛は、常陸国水戸から来た浪人だった。水戸藩下士（下級武士）の次男・部屋住みで、仕官先などなかった。そこで叔父の知り合いの勝念寺に身を寄せ、住職の寺子屋の若師匠となった。寺の庫裏の一室に住んでいた。武芸、学問だけではなく芸能にも造詣が深かった。長身瘦軀《そうく》の二十五歳。下に弟妹がいなかったせいか、子供たちをかわいがった。笑うと白い歯がこぼれた。

境内の松の老木に「寺子屋月潟」の小さな木札がかけられていた。寺の離れの八畳間が手習いの部屋だった。小さな机が並んでいる。七、八歳から、奉公に出るまでの十一、十二歳の十二人が寺子だった。読み書き算盤を教えた。貧しい百姓の子が多く、赤ん坊を背負ってくる女の子もいた。授業料などは、あってないようなものだった。粟《あわ》や稗《ひえ》だったり、野菜だったり、柿やイチジクだったりする。

年少の子たちは「いろは」の手習い時間。隣の子の顔に筆墨をなすりつける子、後ろから両手で目隠しをする子、取っ組み合う子たちもいる。少しもじっとしていない。

見かねて角兵衛が怒鳴る。

「これ、騒ぐでない。机を背負わせるぞ。あれが眼に入らないか」

壁に禁訓が貼ってある。

〈無益の雑談をしない。悪口、高笑、歌などは禁じる〉

席に戻り、いっときは静かにしている。だが、しばらくすると大あくびをしたり、机を揺すったり、中には庭へ出て行く子もいる。

「まったく、どいつもこいつも」

角兵衛はあきれ、苦笑しながら見ている。

「手習いは坂に車を押すように油断すれば後ろに戻るんだぞ」

（ま、いい。好きなようにせい。田植えや稲刈りの時期になれば大人に交じって真っ黒になって働かねばならない。ここに来て遊べるだけで、あの子たちの骨休めになるのだ）

手習いの朝五つ（八時）から昼八つ（午後三時）までが子供らの天国というわけだ。家に帰れば手伝い仕事が待っている。昼食はみな家に帰って食べる。蜂が飛び散ったように駆けだして行く。が、なかには帰らない子もいる。帰っても親は外で野良仕事、家にはろくに食うものもないのだ。

はなは今日も帰らない。隅っこでひとりお手玉をしている。

「はな」

角兵衛は、懐から竹皮に包んだ稗のおにぎりと数切れのたくわんを取り出す。そっと手渡そうとする。

はなは、うつむいて受け取らない。

「遠慮するな」

角兵衛は、はなの手におにぎりを握らせる。

「さあ」

「ありがとう、お師匠さん」

小さな声で礼を言う。

村を流れる信濃川の支流、中ノ口川は毎年のように洪水に見舞われた。凶作、飢饉が続く年もある。子供も手習いどころではなくなり、やがて一人二人と来なくなる。

五日も六日も顔を見せない女の子がいた。隣の席にいた仲よしが家を訪ねた。その子が泣きながら寺子屋に戻ってきた。

「どうした」

泣きじゃくるだけで要を得ない。やがて一家四人が首を吊って死んでいたことがわかった。囲炉裏部屋の荒壁の鴨居に両親が、寝間の鴨居に子供二人がぶら下がっていた。

「見せちゃなんねえ」

子供たちは遠ざけられた。

「こんなにやせ細って」

「痛ましいことよ」

両親の遺体は子供のように軽かったと大人たちが話していた。

友だちの手には手習いの手本がしっかり握られていたという。

村人が大勢集まって手を合わせていた。

村には、いいことが何もなかった。

鍋釜を背負い、赤ん坊を抱えて村を出ていく一家もあった。

「今年も川が暴れた。分かっていてもどうにもなんねえ。食う物があるところへ行くしかない」

「走り」逃散といった。

隠れるようにして村を去った。後ろ姿が哀れでならなかった。

貧しく、疲弊したこの村を救えないものか。方策はないのか。角兵衛の、月潟村に来た時からの思いだった。


午後の休憩時間。今日も伝吉（九歳）や平助（八歳）、亀吉（六歳）が外で遊んでいる。

伝吉は口が悪くて喧嘩っ早い。だが、年下の子どもは絶対にいじめない。平助は弱気だが何でも器用だ。亀吉は無口で賢い。三人寄ればどこの悪ガキたちにも負けない。隣村の悪童たちと竹竿を突き合い、石や瓦を投げて大喧嘩したこともある。多勢に無勢でも負けなかった。

三人とも小柄だが身体を動かすのが大好きと見える。

「へったくそ、俺の方がうまいや」

「じゃ、これはどうだ」

空中で身体を回転させようと試みたり、逆立ちしたり、高い松の木の枝に跳びついたりして競い合っている。実にしなやかで身が軽い。手習いをしているよりずっと生き生きとしている。

「ほう」

角兵衛は、くい入るように見つめる。


角兵衛は布団の中で眼を閉じる。が、眠れない。

(胸に何かがひっかかっている。一体何だ)

寺子屋の一日を振り返ってみる。

(そうか、あいつらだ)

彼らの地を蹴る姿や逆立ちが眼に浮かぶ。

(これだ)

角兵衛は、村を救う手立ての一つに思い当たったのだった。

(子供に芸を教えたらどうだ)

しかし、雲をつかむような話だ。何か参考になる型がなくては夢物語に過ぎない。手がかりになる芸はないものか。考えたが、なかなか思い当たらなかった。

ある春の夜、夢を見た。子供のころ見た常陸国の獅子踊りだった。三人がそれぞれ獅子頭をかぶり、腰鼓を打ちながら舞う美しい獅子踊りだった。夢の続きも見た。それは月潟村伝来の神事、祝い事や厄払いとしての獅子神楽だった。一瞬の夢。この夢が大きな転機になった。角兵衛には天啓と思えた。

常陸国の獅子踊りも月潟村の獅子舞も、どこの神楽も演者は大人だ。これらを母体、参考にして子供たちだけの獅子舞踊りができないものか。実現すれば初めてのことになり、ひいては村を救う大きな力になるかもしれない。角兵衛は身も心も熱くなる己をおさえることができなかった。

芸能にも深い興味関心を持つ角兵衛は、諸国の友に獅子舞、獅子踊りの型、なりたちなどについて書状で問い合わせ、教えを乞うた。末尾には苦しむ月潟の村人を救いたいという熱い思いを切々と書き連ねた。

時はかかったが返書が次々に届いた。

角兵衛は寺子屋を終えると新しい子供獅子舞の研究に没頭した。

先行芸能の獅子神楽を基に、関東や東北に多く見られる三匹獅子舞を分解した。

獅子舞には二種類あった。一つは神楽などの系譜で、獅子頭につけた胴衣に二人あるいは三人が入って舞う。もう一つは風流獅子で、一人一頭で胸に太鼓をつけ、背に大きな指物を負い、三頭以上が一組となって太鼓を打ちながらにぎやかに踊る、というものだった。

角兵衛は後者の風流獅子（三匹獅子舞）の流れを参考に子供たちが主役の曲芸技を創造したいと強く思いたった。

舞い、跳び、回転し、逆立ちする子供の芸や技をどう作り、組み立て、体系立てていくか。流れるようになめらかで美しく、人々の眼と心を楽しませることのできる新しい芸能をどう編み出すか。根気と閃《ひらめ》きを要する難儀な作業だった。

毎夜、一つ一つの技を絵図にしてにらみ、思いをめぐらした。二十五歳の己の身体では太刀打ちできない柔軟性、しなやかさ、敏捷さを必要とする芸技ばかりだった。

角兵衛の脳裏に浮かんだのは寺子屋のあいつらのことだった。

手習いが終わった午後のことだった。

師匠の角兵衛が声をかけた。

「伝吉、平助、亀吉っ」

三人は振り返る。

「頼みがあるのだがな」

「へえ」

「へえじゃない、はいだ」

「はい」

角兵衛の顔を見つめる。

「力を貸してくれ。村を救うためだ」

子供たちだけの獅子舞をつくりたい、と熱心に語る。

三人ともポカンと口を開けている。

正月やお盆、祭りのときの獅子神楽は見たことはある。しかし、どれも大人たちがやっていた。獅子舞とはそういうものだと思ってきた。

「大人より子供の方がずっと身体がやわらかい。お前たち、いつも遊びで飛んだり跳ねたりしているではないか」

そう言われればそうだなと三人はうなずく。

「お前たちがいちばん元気だ。それに上手だ」

ほめられて悪い気がしない。いたずらや喧嘩ばかりしている悪ガキの三人だった。手習い中にふらっと外へ出て行って帰らないこともあった。

「一緒にやってみないか」

角兵衛は必死だった。三人も話を聞くうちにだんだん興味がわくようだった。

「手習いよりそっちの方がおもしろそうだ。なあ、平助、亀吉よ」

兄貴分の伝吉が言う。

「うん」

二人の眼も輝いている。

「よっしゃ。じゃ、明日からでどうだ」

「いいよ」

翌日、手習いの終わる昼八つ（午後三時）過ぎ。

「みんないるかな」

角兵衛が伝吉に声をかけた。

「そろっているよ」

「じゃな、本堂の隅でやろうぞ」

寺の住職も村を救うための子供獅子舞には大賛成だった。

「まずは身体慣らしだ。飛んだり、跳ねたり、好きなように動いてみな」

「やるぞ。平助、亀吉いいな」

伝吉が号令をかける。

角兵衛の眼は三人の動きをじっと追っている。

四半刻後。

「よしっ。みんな、もういいぞ。今日はこれでお仕舞い」

「ええっ、いいの」

拍子抜けした顔だ。

翌日。

「わしは身体が硬くて出来ないが、ちょっとやってみてくれ」

絵図を見せながら角兵衛が言う。

それは、両手をつき、身体を後方に反らせて手をつき足を戻すという動きだった（後に「もどる」と名付けられた）。三人はとまどいながら何回も繰り返すうちに何とかできるようになった。

「では、次」

両手をついて逆立ち、足をつき、手を離して立つ（「はねる」）。初めはぎこちなかったが、どうにか出来るようになった。

「いいぞ、いいぞ」

完璧にできるようになるには相当の時間がかかる。だが、三人は思ったより早くよい結果を出してくれた。

角兵衛は、帰宅すると今日の演技の反省と明日試みる技の骨格を考えた。

また次の日。

「宙返り、できるか」

「手をつかずに前後に回転するんだよね」

「そうだ」

「おい、いくぞ」

伝吉がまずやってみる。あとの二人も真似てやる。

驚いたことに三人は何度か失敗したがやってのけた。

日ごろの〝精進〟（遊び）のおかげか。

「ほうっ」

角兵衛は驚く。

「今度は両手をついて」

「そうだ」

「足を上げて逆立ってみろ（『逆立ち』）」

「おお、よしよし」

「いいか次は」

両肘《ひじ》を折って逆立つ。

「そうそう。これを鯱鉾立とでも言おうかの」

「後ろに身体をたゆめ、腹を上にして四つんばいに……」

「こう？」

「そのまま右、左に身体を回転する。うーん、むずかしいか」

伝吉、平助、亀吉は失敗を繰り返しながらもなんとかやりとげていく。真剣そのもの、楽しそうでもある。そんな彼らに角兵衛は笑みを隠しきれなかった。子供だから何をやっても姿形に愛らしさと趣がある。

三人の子供の身体を借りて四十余《よ》もの型を創出していった。それらを組み合わせることによって一人芸だけでなく二人芸、三人芸、五、六人芸、七、八人芸の組芸も編み出していった。その一つ一つの練習を何度も何度も積み重ねていった。

稽古《けいこ》は村の評判になった。寺子屋の子供たちが眼をまん丸くして見ていた。

鍬や鎌を手にした大人たちの姿もあった。そのなかには眼をしょぼつかせた、はなの父親もいた。遠くから腰を折って挨拶をしていた。はなが角兵衛におにぎりをもらったことを恩に思い、家族の食糧さえままならないのに何回も野菜を届けてくれた。

「これは！」

住職が手を打って感心している。

手習いでは出来の悪い伝吉、平助、亀吉が英雄になった。顔を真っ赤にして技を繰り出す彼らは誇らしげだった。

「お師匠さん、おらもやりて」

「なんで三人だけなの」

寺子屋の子供たちに責められた。

角兵衛は、寝食を忘れた取り組みで憔悴《しょうすい》していたが、新しい子供獅子舞の完成へ揺るがぬ手ごたえをつかんでいた。

動き、技、型とともに笛や太鼓の囃子を組み入れることも考えた。どんな曲を、どの場面で鳴らしたものか。とんと分からない。

(そうだ、師匠はすぐ近くにいる)

洪水のため今は〝休業〟しているが、村の若衆が月潟獅子神楽で音曲をやっていた。さっそく百姓の倅《せがれ》、仁助に相談した。

「そりゃ面白そうだ」

「まかせて下さいよ」

仁助ら五人の若衆が角兵衛の情熱にほだされた。農作業を終えた夜、寺の本堂の隅に集まり、笛、太鼓、鉦《かね》の音曲に喜々として取り組んだ。

若衆はまた、産みの苦しみにある本体の子供獅子舞にも協力を惜しまなかった。

「そこにもう一つひねりを入れたらどうだろう」

「頭の位置、もう少し低い方が安定するかな」

子供たちの一つ一つの技や芸に感想や意見を述べた。

意見がとり入れられ、日に日によくなっていった。

「すごい、みんな驚きますよ」

我が事のように喜んだ。

緩急あったが、曲芸の要素も取り入れ次第に動きの激しいものになっていった。

享保二（一七一七）年、月潟村は町並を仰せ付かり、洪水、凶作からの復興をめざしていた。

その翌年の享保三（一七一八）年。大人にできない軽快で、しなやかな子供だけの技を特徴とする大胆な月潟村独自の獅子舞が完成した。

村人を集め、その成果を披露することになった。

ピーヒャラ、ピョロロー
ピョロロー、ピーヒャラ

テテン、テンテン、テン
テケテケテン、テン、テテン
笛、太鼓が鳴る。

「トザイ（東西）、トーザイ（東西）！」

「さあさ、みなさん、ご覧あれ」

村の若衆が口上を述べた。

「まだまだ未熟ではありますが、万が一うまく出来たら拍手、喝采」

子供たちの芸に眼が注がれる。

村人たちは驚き、うなずき、肩をたたき合って見入った。

「子供らだけの芸だ」

「いやはや、たいしたもんだ」

「村の宝になるぞい」

伝吉、平助、亀吉を中心とする子供たち十二人の芸は、ヤンヤの拍手、歓声をあびた。いつまでも鳴りやまなかった。

こうして角兵衛は子供獅子を養成し、後に諸国巡業への道を開いた。村人の全面的な協力を得て角兵衛と子供たちは年々、研鑽を重ねていった。

草案創始者、角兵衛の名にちなんで「角兵衛獅子」と名付けられた。地元では「蒲原獅子」「月潟獅子」とも呼ばれた。江戸では角兵衛獅子、京・大坂では越後獅子と呼ばれ、全国にその名を馳せた。親方ごとに組をくんで全国へ巡業。貴重な収入を村にもたらし、洪水、凶作、飢饉から暮らしを守ったと伝えられる。

伝吉、平助、亀吉は子供集団を引っ張り、やがて親方となって角兵衛獅子を代々繋《つな》いで行った。

角兵衛は元文三（一七三八）年六月二十四日、獅子たちが諸国の巡業先から戻って白山神社に演技奉納したのを見届けるようにして他界した。四十九歳だった。伝吉、平助、亀吉が眼を真っ赤にして柩を担いだ。多くの村人と歴代獅子の子たちが別れを惜しんだといわれる。

角兵衛獅子が隆盛期を迎えるのは寛政年間（一七八九〜一八〇一）とも文化年間（一八〇四〜一八一八）ともいわれるが、天明元（一七八一）年二月、庄屋与頭忠兵衛の代官への報告書によれば、月潟村にはすでに三十人の組頭（親方）がおり、各組七、八人の子どもを養っていたというから約二百五十人の角兵衛獅子がいたことになる。天侯不順、凶作、飢饉が続いた時代に盛んだったことに特徴があった。

関東、江戸や京、大坂。遠くは長崎、東北、蝦夷まで巡業に行ったともいわれる。

太一と太助の兄弟は天明の大洪水の後、重三郎親方に拾われて角兵衛獅子として育てられた。二人は仲間とともに諸国の街道から街道へ、流れ流れの旅をすることになる。

第3章　街道暮らし

1　打つや太鼓の

天明八（一七八八）年秋――。

天候不順、凶作は続いていた。幕府は凶作により未耕作地の多い陸奥《むつ》、常陸《ひたち》、下野《しもつけ》からの江戸出稼ぎを制限、年季明け奉公人の帰村促進をはかった。

洪水で家族を失った幼い太一と太助の兄弟は角兵衛獅子の組頭・重三郎親方に引き取られ、厳しい稽古に明けくれていた。

重三郎親方は、角張った顔の、めったに笑わない男だった。頭には、はや白いものが交じっていた。獅子たちには、いつどんなときも礼儀正しく、感謝の気持ちを忘れてはならないと口酸っぱかった。おかみさんは、すぐに涙ぐむやさしい人だった。着るものは清潔に、汚れた下着はつけてはいけないと常々言っていた。夫婦に子はなかった。

重三郎親方の下に若親方が三人、獅子の子が男八人、女四人の十二人いた。若親方は、親方の下で獅子の子を四、五人預かり、稽古をつけ、組をくんで一緒に旅して歩く兄貴的存在だった。若親方も獅子も重三郎親方の実子ではなかった。ほとんどが村外の幸薄い孤児だった。親方所有の元木賃宿の家で一緒に暮らしていた。といっても獅子たちは巡業でほとんど出払っていた。

今年も村は凶作で稲は実らず収穫は惨憺《さんたん》たるものだった。

刈り入れの終わるころ重三郎一家の角兵衛獅子たちは巡業に旅立つことになった。出稼ぎで幾ばくかの現金を村に持ち帰るためだった。親方の重三郎は巡業へは行かず月潟村に残った。旅に出るには丈夫な身体と巧みな技を身につけなければならなかった。ぎりぎりまで厳しい稽古が続けられた。

一行は三組に編成された。長いこと固定されることになる。

若親方、万吉（二十歳）組＝太一（十二歳）・太助（八歳）兄弟、春松（七歳）、いと（十一歳）。

同卯七（十九歳）組＝小三郎（九歳）、藤八（八歳）、富三（八歳）、ぬい（九歳）。

同清二（十八歳）組＝留吉（十歳）、茂七（九歳）、するゑ（十歳）、はな（八歳）。


どこまでも青い空が広がる。いい天気だ。

三組合同の巡業はめったにないことだった。

一行十五人は月潟村からは一里と近い一宮弥彦神社をめざした。弥彦神社に角兵衛獅子の演技を奉納するためだ。獅子の子はみな初めての巡業だった。

獅子たちはいつどこでも芸ができるようにと小さい獅子頭をつけ赤い頭巾をかぶり、縞小倉の立付け袴（裁着袴）に木綿の黒足袋、筒袖に襷、足駄履きという出で立ちだった。若親方は縞の着物の裾をはしょり、股引に黒の手甲、脚絆で草鞋《わらじ》ばき。小さな行李を背負い、太鼓を肩から吊るし、手に笛を持っていた。

先頭は若親方頭の万吉、卯七、清二の三人。子供連れの旅は並大抵のことではない。道中、若親方の不安や気苦労も多いのだろう。時々後ろを振り返る。

歩きながら見る稲刈り後の田んぼの風景は殺伐としていた。稲株が見えるのはいい方で、多くは刈り取られることもなかった稔りのない稲が捨て置かれていた。そのまま堆肥にでもするのだろう。雀がたかっていた。はざ掛けした天日干しの稲も天侯によって果たしてどうなるものやら。

それでも季節はめぐってくる。どんな時でも自然は生きている。

「わあー、きれい」

いとやぬいたち女の子だ。

田畑の畔や土手に鮮やかに萌え立つ赤い曼珠沙華《まんじゅしゃげ》が見えた。

赤とんぼが、かすかな羽音を立てて群れ飛んでいる。

「この指とーまれ」

「こっちだ、こっち」

太一と太助が片手を高く上げ、指を立ててぐるぐる回し、つかまえようとしている。

「わーい」

男の子たちが集まり、はしゃいでいる。

初めての旅、初めての土地。心が躍る。何もかもめずらしく、大声で話したり、つついたり、くっついたり、わいわいがやがや、にぎやかだ。まるで物見遊山の気分だ。

「早く歩かんか」

どんぐり眼《まなこ》、太い眉の万吉若親方の大声が聞こえる。

最年少は万吉組の、七歳の春松だ。小柄で顔に幼さが残る。しょっちゅう爪を噛む。

「春松、大丈夫かい」

「うん」

四歳年上のいとが声をかけて待つ。

懸命についてくるが、へばっている。

「ほれ、手を出せ」

見かねた、いとが春松の手を引いて歩く。いとは、しっかり者でやさしい。黒眼がちで頬がふっくらしている。

遠く向こうに弥彦山が見えてきた。

「弥彦山だ」

万吉が指差した。

越後平野の西端に南北に連なる弥彦、角田山の主峰である。尾根からゆっくりといわし雲が現れた。日本海のはるか向こうに佐渡ヶ島が見える。

一行は、歩を早めた。

「もうすぐだぞー」

弥彦の里は深い秋の色におおわれていた。モミジやカエデの紅葉、黄金色に輝く大イチョウが美しい。

「さあ着いた」

若親方の一人、卯七が手拭いで首の汗を拭いた。右眼の下と唇の左下にほくろがある。

弥彦神社は万葉集にも歌われた古社。天長十（八三三）年病疫と凶作による餓死から人々を救うために建てられたともいわれる。農業の神として信仰され、干ばつが続くと人々は菅笠をかぶり、蓑《みの》を着て弥彦山に登った。頂上の近くに小屋を建てて雨が降るまで祈願したといわれる。

門前町の両側には旅籠、お土産物屋が並んでいた。一行は突き当たりの一の鳥居をくぐり、御手洗川の橋を渡って大杉に囲まれた参道を通り神社拝殿に向かった。広い境内の一角、休憩所と絵馬殿の前に広場がある。絵馬殿には武者絵や闘鶏絵、彫刻などが奉納されていた。謡曲素謡も奉納されてきた。

角兵衛獅子一行は許しを得て絵馬殿（舞楽殿）前の広場に仮小屋をかけた。社務所や宿屋の人々が手伝ってくれた。一同はまず拝殿に向かって道中の安全と五穀豊穣を祈願した。小さな手を合わせる獅子たちの赤い獅子頭、頭巾姿が人眼を引いた。

すでに杉並木の参道を踏みしめ、遠く、新潟や蒲原からもたくさんの参拝客、見物客が集まって来ていた。

一刻後。

ピピー
鋭く一笛鳴った。

弥彦神社への奉納演技が始まった。

テテン、テン、トトン、テン
ピーヒャラ、ピーヒョロロー
軽やかな太鼓、笛の音が流れる。

太鼓を打つのは若親方の万吉。笛を吹くのは同じく若親方の卯七だ。

「さあさ、みなみなさま、月潟村の角兵衛獅子でござーい」

万吉が太鼓を打ちながら口上を述べる。

「私ども角兵衛獅子の一行は、弥彦神社の御加護によって年中つつがなく諸国を回っているのであります。越後の人々の家内安全と五穀豊穣、悪疫消滅を祈願するためにここに奉納演技を催して神意を慰め奉ることに致しとうございます」

十二人の獅子は舞台に打ち並び、いっせいに両手を腰にとり姿勢を低くする。

口上が続く。

「何と申しましても未熟でありますゆえ、下手なところは袖や袂にお隠しあって、千に一つ、万に一つ、お目にとまりましたならば、何とぞ拍手喝采のほど願い上げます」

初巡業、人前では初めての獅子たちは緊張で身体を硬くしている。

「大丈夫、稽古通りやればいい」

太一は弟太助の耳元にささやく。太助は屈託がなく芸の覚えが早い。それでもコチコチだ。

一番下の春松の顔が青ざめている。いとは落ち着いたものだ。

万吉は演技名、型を述べ、獅子たちを先導していく。

「まずは、獅子勇みの舞。さっそく取り始めます」

テンスケ、テンテン、テン。太鼓が鳴る。

獅子たちは膝をつき、右手を下げ、一礼した。

「さあ起《た》った……獅子は向こうへどっと一度に追い込み」

ふた足出て手を広げて構えた。

「獅子は構える。牡丹か唐獅子か、猫にまたたび、泣く子にお乳」

獅子頭を振って踏み出した。

「あっ！」

いちばん小さい春松が失敗した。顔をしかめて泣きそうになった。見物客の眼が注がれる。

舞台から離れるか？　だが、立ち直り、ようやくみんなに追いついた。

見つめていた見物客からヤンヤの喝采が巻き起こった。万吉ら三人の若親方はほっとし、胸をなで下ろした。演技は続く。

「差し替えましては、乱菊の早技」

二人目の若親方、卯七が口上、先導する。

「身体はそっくり立ちあいの技」

テケ、テンテン、テンテン
「いよいよあなたこなたに跳ね返す、獅子の勢い乱菊」

なんとかぴしっと決めた。

こうして一人芸や組芸、「水車」や「人馬」「唐子人形」など十数種の組芸を披露し、飛び、跳ね、踊り、逆立ちし、とんぼ返りをしたのだった。

「あんな小さい子が」

「えれぇもんだわ」

見物客は一つ一つの演技に惜しみない拍手を送った。

「終わったあ」

獅子の子たちには長い長い奉納演技だった。「これにて打ち止め」の声を聞いてどっと崩れ、舞台の裏手にへたりこんだ。

投げ銭の小ザルはいっぱいになっていた。神社にその収入を報告し、寄付したり旅の費用に当てることになる。


日の落ちるのは早い。夕空に秋風が吹き、ススキを揺らせた。

若親方と獅子の子三組十五人は一夜を一緒に過ごすことになる。といっても若親方たちは木賃宿、子供たちは組ごとに弥彦神社近くの農家に泊めてもらうのである。村の長などと相談ができていて、それぞれ泊まるところが決められていた。

万吉組の太一・太助兄弟、春松、いとの四人は、茅葺《かやぶき》屋根の五兵衛の家に向かった。

「角兵衛獅子です。お言葉に甘えてお世話になります。どうぞ、よろしゅうお願い申しあげます」

太一といとが深々と頭を下げる。太一は小柄だが引き締まった身体。年長とはいってもまだ十二歳だ。太助と春松もぺこりとお辞儀をする。

「あいさつはいいがね。寒かったろう、さあ、はよ上がりなさい」

女房が家に招き入れる。

竈《かまど》のある土間を入ると板張りにむしろを敷いた囲炉裏の間が見えた。

「こっちさ来てあたれ」

主の五兵衛がいた。野良着には幾重にもつぎが当てられていた。

草鞋のひもを解き、足をすすぎ、獅子頭や襷、鉢巻きなどの衣装をとって囲炉裏の炎を囲んだ。

囲炉裏の真ん中には黒光りした自在鉤。そこにかけられた鉄の大鍋がぐつぐつ音を立て、湯気がのぼっていた。

子供たちは赤々と燃える火に両手をあぶった。煙が眼にしみた。

「あったけえ」

太助と春松が同時に声を上げる。

大鍋からいいにおいが立ち込めてきた。

女房が粗朶《そだ》をくべ、鍋の中をゆっくりかき回している。

誰かの腹がグーと鳴った。

「何にもないが、たんとあがれ」

一人ひとりの椀にそそいでくれた。

どこも凶作続きで食糧もままならない。米や麦はめったに食べられない。椀の中は粟や稗などにいも、大根やうつぎの葉、野草などを入れた糅飯《かてめし》だった。それに味噌汁とたくわん。獅子の子たちにとっては御馳走。がつがつ食べた。みな二杯ずつお代わりをした。

囲炉裏の隣は荒壁の寝間、あとは狭い二部屋があるだけだった。春松や太助と同じ年ごろの男の子二人が珍しそうに部屋から顔を出したが、恥ずかしそうにひっこめた。これから寝るところなのだろう。

腹がくちくなると急に眠くなってきた。菰《こも》やむしろにくるまって囲炉裏の周りに雑魚寝した。太一と太助が、いとと春松が一緒に寝た。

家の女房が囲炉裏に鉄瓶をかけ、粗朶をいっぱいくべて燃やしてくれた。何度か様子を見に来てくれた。

「おらちの子と同じ年ごろなのに、偉いのう」

寝入った獅子の子たちには聞こえなかった。

秋の夜は更けていった。寒空に枯れ葉が飛び、木の実の落ちる音がした。

何刻だろう。

囲炉裏端に突然、叫び声がした。

「うわー」

間をおいて、

「とうちゃーん、かあーちゃーん」

泣き声に変わった。

疲れはて一番初めに小さないびきをかいて寝入ったはずの太助だった。

洪水で押し流された夢にうなされているのだろう。

「太助！」

兄の太一が眼を覚まし、手を握ってやった。

「忘れろ」

太一は唇を噛んだ。自分だってまだ悪夢から覚めていないのだ。あれから一年、兄弟は何度も夢にうなされてきた。太一は家族を失った悲しみに耐え、苦労を一人で背負い、弟をかばって生きてきた。

夜の静寂がもどった。

囲炉裏の残り炭がまだ静かに熱を放っていた。

半刻後、今度は寝言が聞こえた。

「なんだい……」

「親なんか……いらないや」

まだ七歳の春松の声だ。

やがて、爪を噛みながら、しくしく泣き出した。

父は大酒のみ、母は男をつくって出て行った。母は二度と戻らず父は病み衰えて死んだ。天涯孤児となり泣きながらあちこちをさまよい歩いた。野犬に吠えられたりもした。死ねば寂しくなくなるかもしれない、空腹もなくなるかもしれない。だが、死ぬのは怖い。死に方も知らなかった。夜は農家の納屋に潜り込み、家の軒下や橋の下で寝た。やがて月潟村で行き倒れ、親切な重三郎親方に拾われたのだった。

「なんだい、かあちゃんなんか」

本当は一度だけでいい、抱きしめてほしかったのだった。

「泣くなや」

いとが、やさしく背中をさすってやった。

「重三郎親方が春松のおとう、おかみさんが、おかあだ」

そう言って自分も涙ぐむのだった。

いとも洪水で両親と弟が流された。助かった姉は佐渡の水金遊郭に売られて行った。いとはそれでも健気に明るくふるまい、人前では泣かなかった。年の割にはしっかり者で、することが大人びていた。食事や縫物、病気の世話など面倒見がよかった。十一歳でも旅暮らしの立派な母親代わりだった。

いとの耳にコオロギの鳴く声だけが聞こえた。

そのころ若親方の万吉、卯七、清二の三人は木賃宿にいた。

行商人、巡礼、薬売りなどの旅人が大きな囲炉裏を囲んでいた。自在鉤に大鍋がかけられ音を立てていた。やがて同部屋の泊まり客たちがにぎやかに世間話をしながら、粥と梅干しで夕食を始めた。

木賃宿は旅人のいちばん安い宿だった。仕切りのない大部屋で、布団代用の寝ござが部屋の片隅に置いてあった。米、麦、粟、稗などを持参し自炊をする。それを煮る薪代、木賃を支払ったことから木賃宿といわれた。旅籠との違いだった。

食事を終えた若親方たちは隅に寄り額を集めて、今日の反省から明日の予定へと話を移した。

「初めての子ばかりだから致し方ねえども、芸に勢いがない」

「身体が覚めていない」

「幾つか失敗もあったぞ」

と厳しい。

明日は朝飾《あさげ》の後、木賃宿近くの原っぱで三組合同の稽古をすることにした。

今は若親方になっている万吉、卯七、清二は前後して重三郎親方に拾われ、養子になって角兵衛獅子になった。三人とも不幸な境遇に育った。

万吉は、深川の裏店に住む病弱な大工からもらわれてきた。妻を亡くし極貧の暮らしのなかで子を育てることができなかった。万吉は小さいころから親思いのやさしい子だった。

卯七は、一歳のころ旅籠の玄関に捨てられていた子だった。粗末な古袷にくるまれ竹籠に入れられていた。傍に手ぬぐいや腹掛けがあった。卯七は何も覚えてはいない。一つだけおぼろな記憶があった。痛いほど手を握りしめられ、「幸せにしてもらうんだよ」と言ってむせび泣いた女がそばにいた。後に捨て子だったことを親方に聞かされたとき、親を恨み憎んだ。恨んでも恨み切れなかった。一方で、いつか母に会いたいと思い焦がれた。

清二も、父親が誰か分からない。母も流行病にかかって、あっという間に死んだ。ずっと寂しい思いをしてきた。

卯七と清二は重三郎親方の家にきた当時、痩せて髪はぼうぼう、眼だけはぎらぎら光っていた。虚勢を張って人を寄せつけないような態度と面構えだった。二人とも野獣のような子供だった。引き取って育ててくれた重三郎親方にもことごとく反抗的だった。それは親方に対してというより自分を不幸にした世間や大人への無意識の憎しみ、抗議だったのかも知れなかった。

二人とは違って一番年上の万吉は、もの分かりがよく人に親切で、どこか品がよく〝優等生〟で親方にかわいがられた。卯七と清二は初めのころ万吉とは口もきかなかった。

ある夜。卯七と清二は、家中が寝静まったあと居間に忍び、茶簞笥から親方の財布を盗ろうとしていた。小用に向かう万吉がそれを目撃した。

「見やがったな」

二人はぎょっとし、あわて、財布を懐に逃げようとした。

「やめろ、財布を戻せ」

「なにを」

「おらたちを養子にし、育ててくれた親代わりの親方だぞ」

「うるせえ、いい子ぶりやがって」

卯七がわめいた。清二が指をポキポキ鳴らした。

年嵩《としかさ》の万吉も一対二ではかなわない。

二人は万吉を闇の外に連れ出し、小突き回し、顔面を、腹を、腰を激しく打った。万吉は打たれながらも卯七から財布をもぎ取り、片方の手で卯七の足にしがみついた。

「離せ、この野郎」

蹴られても叩かれても離さない。

「こんなことをして……」

怒る万吉は悲しそうでもあった。

声が聞こえたのか、

「誰だ、何の騒ぎだ！」

灯りを持った重三郎親方が現れた。

うずくまっている万吉がそこにいた。

「お前ら！」

卯七と清二は逃げられまいと観念した。

「何があったんだ」

万吉は何も言わない。後ろを向くと素早く財布を懐に入れた。

「どうしたんだ万吉、ええっ」

ゆっくり振り返った万吉が言った。

「おらがまた偉そうなことをぬかしたから喧嘩になって……」

翌朝未明、居間に忍びこむ者がいた。万吉だった。茶簞笥にそっと財布を戻した。腰高障子を閉めて廊下にでると卯七と清二が立っていた。

「すまなかった」

「殴ってくれ」

二人は万吉の眼をしっかりと見つめて言った。

この一件以来、三人は仲よくなった。似たような境遇をおくってきた三つの魂をつなげた。

「俺たちは兄弟だ。生きるも死ぬも一緒だ」

万吉は一番年上だったが芸の上では、卯七や清二にはかなわなかった。親方の厳しい稽古に音《ね》を上げることもあった。そんなとき卯七と清二は万吉ができるようになるまで密《ひそ》かに稽古をつけてくれた。

村外の悪がきたちと喧嘩になることもあった。どこから聞いたか三人の家の事情を知っていた。

「やーい、親なしっ子」

「捨て子だってなあ」

相手は六、七人で喧嘩慣れしている。たいして強くないのに猛然と飛びかかっていくのが万吉だった。唇が切られ血が出ている。眼がつぶれている。卯七、清二の二人も、どんな時でも絶対に逃げないで歯向かって行った。

木賃宿の若親方三人はそんな十年前のことを懐かしく思い出していた。

翌日。陽は差していたが寒気が冬の気配を感じさせた。

朝餉の前。百姓家に分宿していた万吉組の太一と太助、春松、いと、卯七組の小三郎、藤八、富三、ぬい、清二組の留吉、茂七、するゑ、はなが勢ぞろいした。赤や黄色の木の葉が風で空中に散り、落ちた。その枯れ葉のじゅうたんをかさこそと踏みしめてやってきた。

まだ寝ぼけ眼の子もいる、指でつつき合ってふざけている子たちもいる、足指のマメをさすっている子もいる。

「さあ、稽古だ！」

まずは一人ずつ両手をついて前転し、起き上がる練習を反復する。

覚えの遅い者の後ろには三人の若親方が立って一人ひとりに稽古をつけてゆく。

まずは「逆立ち」。手をついて逆立ち、腰を曲げ、胸を突き出して両足をそろえる。が、なかなかきれいに決まらない。

「ちゃんとやれ、眼覚ませ」

次は「戻る」。両手をつき後方転回する。若親方が子供の腰を支え、足先を軽く押さえる。子供は手を上に上げ、後方へ身を反らす。

「だめだ」

「腰を入れろ、腰を」

若親方たちの叱責が飛ぶ。

そして「跳ねる」。

手をついて逆立ちし、深く身を反らせて足を前方におき、手を離して立ち上がる。

ほかにも「らんぎく（もじる）」「はこぶ（手で歩く）」の稽古も繰り返した。

「みんな、分かっているな。気をゆるめると怪我するぞ」

万吉の声が響く。

普段は寡黙でやさしいが、稽古は厳しい。器用でなかった万吉もまた獅子のころ厳しい稽古に耐えてきたのだった。

芸、技の仕込みは六、七歳ころから始められる。十一、十二歳ころが最も盛りで十三歳を過ぎると骨が硬くなるという。稽古は朝飯前、昼食前、夕食前の日に三回。空腹時が最もよいという。幼少の子は一刻（二時間）、年長者は一刻半ほどであった。

歴代の親方も若親方も稽古は厳しかった。獅子たちはビンタを張られたり、お尻や手足を叩かれたり、真冬に外に放り出されたりもした。それが獅子の子の身のためだったからだ。頼りになるのは自分の技量だった。稼げる芸ができるようになることが一日も早く求められた。

単純な動作を何度も繰り返し練習することが基本だった。一つの技が出来たときの自信と晴れ晴れとした気持ち。これで一人前の角兵衛獅子になれる！　多くの見物の前で拍手をあびたときの、あの鳥肌の立つような瞬間を忘れることはできなかった。

「春松、残れ」

万吉の声がかかった。集団稽古の後の個人指導だ。

「やってみい」

難しい「跳ねる」の技だ。春松は緊張で小さい身体を硬くしている。うながされて逆立ちをし、足を上に上げ二、三歩歩いたが……。

万吉は腕組みをして見つめる。

「そこ、足が揺らいで揃ってない」

「……」

「ぐず、のろま！　もう一度」

また失敗する。

「失敗を怖がるな。もう一度」

何度もやらされ、春松はついに泣き出した。

見かねた、いとが飛び出してきた。

「親方、わたしも一緒にやります」

いとの眼にも涙があふれる。

「春松はのろまじゃない」

一緒に手をついて逆立ちしながら、

「落ち着いてやろう。ほら、こう、力を抜いてみたら」

「うん」

春松は、いとを真似る。

「あ、よくなったよ」

何度かの末、春松の身体が不意にふっと軽く、自由になったように見えた。間合いが保てるようにもなった。くるりと逆立ちし、飛び跳ね、もとの姿勢にもどった。二人はそろって、きれいに、勢いよく「跳ねる」に成功した。

万吉はやっとうなずいた。

「できたじゃないか」

「よかったね、春松」

いとが自分のことのように喜んだ。

見ていた獅子たちからも大きな拍手がわいた。抱き合って喜ぶ者もいた。

春松といとは逆立ちしながら空を見上げた。まぶしいほど青かった。

子供たちが泊めてもらった三軒の百姓家に、それぞれの若親方が少しばかりの銭を包んでお礼に行った。

この日、三組はそれぞれ別の巡業先に向けて出発することになった。来年六月二十四、二十五日の地蔵尊祭りまで一年の別れである。

「元気でな」

「また来年、月潟村で」

いと、ぬい、すゑ、はなの女子は、いつまでも手を取り合っていた。

万吉組は寺泊、出雲崎から佐渡へ。卯七組は点在する豪農をめぐり、出羽国（山形）へ。清二組は信州に向かった。

真っ赤な夕陽をあびて影絵のような黒い三つの集団が群れ、そして離れた。

2　辛苦甚句

天明八（一七八八）年冬――。

若親方万吉組の万吉、太一・太助兄弟、春松、いとの五人は寺泊に向かっていた。弥彦から寺泊までは三里（十二キロ）。海岸沿いに南下して行った。春松は相変わらず遅れがちだった。その後ろをいとが心配そうについていた。

山手からは木枯しが吹き、海を渡ってくる北風は肌を刺すように冷たかった。

一行は昼過ぎに寺泊湊に着いた。

寺泊は北国街道の要衝。北前船の寄港地としても栄えた。古くから海上安全の神として知られた白山媛神社があり、船絵馬が奉納されていた。

海沿いの家々に門付けしながら歩いた。

雪の来そうな気配で夕暮れ時には稼ぎを終え、出雲崎羽黒町の漁師家で一泊した。

出雲崎は幕府の天領だった。縦に長い一里ほど続く町並で戸数は千五百戸。海岸側には廻船問屋や旅籠、遊郭、漁師の家が並んでいた。山手側には神社、仏閣。間口が狭く奥行きの長い妻入りといわれる町並が続く。

北国街道の終点でもある出雲崎は、北前船の西廻り海運、松前海運の要港として知られた。また佐渡からの金銀の陸揚げ港としても栄えた。佐渡の小木港から船で運び、百頭以上の馬の背に乗せ江戸をめざしたものだった。

出雲崎の冬は鱈《たら》漁が盛んだった。猫の手も借りたいほどの忙しさだった。

翌日。万吉組は、出雲崎の海辺の漁師家に一軒一軒門付けして舞い踊った。

ピョロロォー
テンテン、テンテン
「やえー、一つ舞いましょう」

二十歳の若親方、万吉が笛、太鼓の音を響かせる。

太一たちが一礼して構える。

縞小倉の立付け袴に木綿の黒足袋、小さい獅子頭をつけた赤い頭巾が眼を引く。

万吉が口上を述べる。

「尾張名古屋は金の鯱鉾立ちの態《かたち》」

獅子の子たちが向かい合い、這うようにして手をつく。地面は冷たい。指が、かじかむ。その上に顔を乗せて逆立ちをする。

「ここに上げ奉る高覧、尾張名古屋の金の鯱鉾なり、天下晴れの雨ざらし……」

寒空の下、太一・太助兄弟、春松、いとの吐く息は白い。身体が冷える。それでも動いていれば温かくなる。

音を聞きつけて隣近所の女子衆や子供たち、早朝の漁を終えた漁師たちが次々に集まってきた。

場所を広場に移す。

「おおっ」

「あれまあ」

拍手が起こる。

心ばかりの賽銭を包んでくれる。万吉はお礼を言いながら獅子たちに芸を促す。

「差し替えましては、乱菊をごらんにいれます」

いくつもの芸をこなした。

「角兵衛獅子、これにて打ち止め」

獅子たちは深々と辞義をする。

近所の女子衆たちが一握りの麦や粟、野菜、数匹の魚を持たせた。

「また来なよ」

「気いつけてな」

春松が爪を噛んでいる。

出雲崎代官屋敷、名主橘屋屋敷、港周辺も巡った。

橘屋は尼瀬の名主京屋と何かと対立し、争った。橘屋の力は次第に衰えていった。見習い名主をしていた後の禅僧良寛は十八歳のときに突然出家、備中玉島円通寺で修業中で越後にはいなかった。やがて越後に帰り、自然を愛で、子供を慈しみ、毬《まり》つきに興じた。子供好きの良寛が角兵衛獅子たちの芸を見たら何と詠んだであろう。

荒海や　佐渡に横とう　天の河

俳人芭蕉が詠った佐渡ヶ島は、灰色の雲に覆われてよく見えなかった。潮鳴りが聞こえていた。

万吉組は佐渡ヶ島の小木港をめざして船に乗った。小木港までは海路十八里（七十二キロ）だ。時々かもめが群れて舞っていたが、やがて海上は時化て吹雪となった。白い稲妻が走り、黒雲を照射していた。

船は揺れに揺れた。

太一と太助、それにいとも荒れた海を見ると心の底から恐怖が走り、身をすくめた。洪水で家族を失った記憶がよみがえるのだった。

それを知ってか知らずか、乗り合わせた佐渡ヶ島の漁師がこんな話をした。

「その昔、船頭の仁助たちがのう、蝦夷の松前から船に乗り込み越後をめざした」

佐渡沖を航海中、突然ひどい嵐に襲われた。船は大きく傾き、転覆した。六人は瞬く間に激流の海に放り出された。あとの五人も波間に消えた。船頭は破船の板につかまり三日三晩漂っていた。力尽き、もはや死ぬるかと思った。海上に突然、あやかし（怪）がたち現れた。そのとき一艘の帆船が近づいてきた。船頭は奇跡的に助かった。

「不思議なことにその船は、船頭を佐渡ヶ島の浜辺に連れ下ろすと、眼の前で忽然《こつぜん》と消えたんだと。幽霊船でなかったかという噂がたったんじゃ」

獅子の子たちの不安と恐怖をいっそうかきたてた。

「脅かさないで下さいよ」

万吉が漁師に言った。

「へへ、そうかい」

漁師は苦笑いしながら頭をかいた。

太助が船酔いに苦しみ出した。甲板に上がってゲエゲエ吐いた。

「危ねえ！　海へ落ちるぞ」

太一が背中をさすってやった。

太助の様子を見ていた春松も「ううっ」と口を押さえて甲板へ出てきた。いとが追いかけてきた。

「春松、吐きな」

吐きたいけれど吐けない。いとが顔をしかめ、思いきって春松の口に指を突っ込んだ。が、白い汁が出るだけだった。

手甲脚絆をつけた小太りの男が近づいてきた。太助と春松の様子を見ている。

「ちょっと待ってろ」

船底に引き返し、甲板に戻ると、薬の匂いをかぎ、口に入れて噛んでみた。

「これ飲んでみろ」

船酔いに効くという薬を二人に与えた。半夏《はんげ》、陳皮《ちんぴ》、茯茶《ふーちゃ》の三錠を等分に飲めという。富山の薬売りだというその男は、いとにこうも教えた。

「強い酢を一口、梅干を口に入れても効く。大根のしぼり汁もいいぞ。覚えておきな」

「ありがとう、おじさん」

いとは頭を下げた。

朝方には強風はやみ、海に陽が射した。

乗客は万吉組の五人、薬売り以外に商い人や僧侶など十人ほどいた。

「荒れましたなあ」

「この季節ですからのう」

そんな会話が聞こえる。

太助と春松に薬を飲ませてくれた富山の薬売りが話しかけてきた。

「どこから来たんだい」

「へえ、月潟村から来ました。きのうは、ありがとうございました」

万吉若親方が答える。

「やっぱり、あんたら角兵衛獅子だね」

「はい、巡業の旅です」

「佐渡ヶ島の帰りに月潟に寄るんだが、田島のばあさん元気かのう。三年前に行った時は伏せっておられたが……」

「去年の洪水で亡くなりました」

「そうだったのかい」

相川まで商売に行くという薬売りの傍に五段重ねの柳行李があった。太一たち獅子の子が物珍しそうに眺めている。

「見るかい」

開けると船底に薬の香りが広がった。行李には薬がいっぱい入っていた。

「これは腹痛止め、胃腸薬、気付け……」

解熱剤、虫下し、膏薬。薬名も万能薬の反魂丹、感応丸、六神丸、一角丸、無二膏などさまざまあると教えてくれた。行李は入れ子式になっていた。一段目には懸場帳、矢立てに算盤。二段目には客に渡すお土産。三段目には置いて行って飲まれなかった古い薬。富山の薬売りは使った分だけお代をもらう信用商売である。四、五段目には新しい薬が収められていた。

眼を丸くして見ている。

「これだけあったら旅も病気なしだね」

いとがうらやましそうに言う。

おみやげの紙風船をもらってみな大喜び。口から息を吹き込んで膨らませ、手の平でポンポンポンとついて遊んだ。

佐渡ヶ島の南西端・小木港に着いたのは五つ半（午前九時）だった。

寒風がピューピュー鳴っていた。海から荒磯波が押し寄せていた。

狭い土地に板壁の家が密集していた。石置屋根も見えた。

小木港は地形に恵まれた天然の良港。金銀輸送の経路でもあり、北前船の寄港地で早くから栄えた。呉服屋、小間物屋、酒屋、薬屋などが軒を並べていた。船箪笥でも知られた。

万吉組は小木港から陸路、相川をめざした。五段重ねの柳行李を背負った富山の薬売りも一緒だった。

小木から相川までは約十里（四十キロ）の距離。真野湾に沿って北上し、佐和田、河原田から沢根、中山峠に至った。かなりの距離を歩き続け、幼い春松も太助も足にマメをつくって痛々しかった。

　中山峠は相川と沢根の境界、相川までは一里半だった。峠は寛永十四（一六三七）年、百二十人の切支丹《キリシタン》が磔、斬首の刑に処せられた殉教の地であった。それが知られるようになったのは後世のことである。

　中山峠に一軒の茶屋があった。茶や甘酒、だんご、草鞋や笠も売っていた。

「ひと休みだ」

　万吉が声をかけた。朝から歩きずくめだった。太助、春松は音《ね》をあげていた。

　この季節、峠を越える旅人の姿は少なかったが、万吉組の他に薬売りと三人の客がいた。荷物を下ろし、軒下の腰掛けにぺたりと座った。軒下から冷たい風が吹き込んできた。

「甘酒五つ、だんご五つ」

　万吉が奥の亭主に向かって注文する。

　やがて小柄な女房がそれぞれ熱いのを持ってきた。

「さあ、どうぞ」

「あったけえ」

　太一が甘酒の入った椀を両手に持って太助の頬に押し当てた。

「うわーい」

　今度は太助が太一の頬に押し当てた。

「あちちっ」

春松はさっそく甘酒をすすっている。いとはフーフー冷ましている。

富山の薬売りが、だんごをほおばりながら、そんな様子をにこにこしながら見ている。

「お子さんは？」

女房が聞く。

「はい、国に十歳の倅と七歳の娘がいます」

「心配になることもおありで」

「いや、角兵衛獅子の子らに比べたら幸せ者ですよ」

「親のない子たちと聞きます」

女房も言う。

万吉は雲の動きを見つめ、遠くの真野湾や相川の町並を眺めていた。

客の一人、商い人が話しかけてきた。

「江戸から無宿人がこの峠を越えて相川の金山に送られたそうですな」

最初は安永七（一七七八）年。幕府は無宿人六十人を唐丸籠で送ってきた。二十代から三十代の若者が多かったという。江戸から信州を経て越後に入り、出雲崎に出て佐渡の小木港に向かった。無宿人には足かせ、手鎖、腰縄を打った。江戸から一カ月余りかかった。彼らの仕事は金山の採掘時に湧き出る大量の水を汲み出すことだった。過酷な労働を強いられ水替無宿と呼ばれた。

「ここを下れば金山だぞと言われ、甘酒がふるまわれたが、誰ひとりとしてお代わりする者はなかったと聞きます」

佐渡ヶ島送りは死罪宣告にも等しかったという。

水替無宿は、竹矢来で囲まれた谷間の水替小屋に入れられた。

われらは、その金山に行くのだと万吉は身を引き締めた。金山鉱夫たちを少しでも慰め、楽しんでもらいたいものだと思った。

「さあ、出発だ」

万吉の声に太一、太助、春松、いとは準備を整えた。

「気いつけて。元気でね」

茶屋の女房が手を振って送ってくれた。

相川に着いたのは暮れ六つ（午後六時）過ぎだった。

すでに陽は落ちて真っ暗だった。海には高波が荒れ狂っていた。強風に白い雪片が舞っていた。

一行は文で知らせていた漁師喜平の家に一夜世話になった。

翌日。初めて見る金銀山の町、相川のにぎわいにみな驚き、眼を見張った。

諸国からの多くの山師や鉱夫、商人たちであふれていた。人口七万人にもおよんだ。海に沿って南北に広がる下町と鉱山地帯の斜面に東西に連なる上町からなっていた。下町には佐渡奉行所があり、周辺には米屋町、味噌屋町、塩屋町、八百屋町、紙屋町などがあった。上町の尾根筋の通りには大工町や鍛治町などがあった。平屋建ての狭い家が軒を連ねていた。
テテン、テンテン、テン
「さーさ、みなさま、角兵衛獅子をごらんあれ」
相川金山の中尾間歩（坑口）前の広場。万吉が太鼓を叩きながら口上を述べている。
この日は「二の日」（休み）。多くの鉱夫たちが集まってきた。頭を布で巻き、裂織を身につけ、わらで編んだ円座を腰に当てている。どの顔も青白く、精気がない。疲れきっているように見える。なかには異様に眼の鋭い者もいた。差配人が「お前たちはここ」「手前たちはあっち」と見物の場所を指示していた。
鉱夫たちは過酷な労働を強いられていた。人ひとりがやっともぐりこめる狸穴といわれる坑道で作業をした。落盤に巻き込まれたら墓穴になりかねなかった。肺をおかされ、地底の闇の中で死んでいった。この日は鉱夫たちの不満、爆発寸前の怒りをそらそうと「慰安」と称して角兵衛獅子を見物させることになっていた。
太一、太助、春松、いとの四人が立つ。
万吉の口上が続く。
「はじめましては乱菊の芸
そのままそっくり立ちあいの
いよいよ見ておりますれば、あなたより、こなたへと
くるりくるりと、はねかえす、菊の乱菊」

獅子の身体が勢いよく宙に舞った。くるりと一つ宙返りしてストンと立った。

「ほう」

「えらいもんだのう」

見物の輪がどよめいた。広場には鉱夫たちだけではなく女子衆、子供も集まってきて二重三重の人垣ができた。

「差し替えましては大黒天の俵転がしの早技」

万吉の口上。

「御免こうむり頭包んでしっかりやりなよ」

獅子の子供たちは手拭いで頰かむり。

「……ひやかしはどちらが……伊勢では古江津、丹後の宮津か」

子供たちは横に頭を振った。

「それがいやなら京では島原……江戸では吉原」

やはり頭を横に振る。

「それがいやなら越後で新潟」

飛んだり跳ねたり、とんぼ返りに逆立ちにと四人は芸を繰り出した。不安、緊張は不思議なほどなかった。この落ち着きは何だろうと獅子たちは考えた。

(ああ、そうか。鉱夫のおじさんたちの表情がだんだんに変わっていくのが見えるからだ)

トロンとした投げやりな眼が、固唾《かたず》を吞むような、祈るような眼の色に変わっていった。

（国に残してきた子供のことを思い出しているのかもしれないな。それとも自分の子供のころを思い出しているのかな）

「いいぞ」

「がんばれ！」

大きな拍手を送った。なかには涙を流す者もいた。

テテン、テレック、テン
仕舞いの太鼓が鳴る。

「角兵衛獅子はこれをもちまして打ち止めにございます」

十二の芸を披露した。

その夜。

若親方の万吉をはじめ五人は金山の世話煎《せわい》りの許しを得て鉱夫たちの飯宿小屋に泊めてもらった。小屋頭が案内してくれた。

狭く暗いじめじめした土間の中央に通路があり、両側に雑魚寝する筵《むしろ》敷きの大部屋があった。一人一畳ほどの広さだった。獅子の子たちは部屋の隅で筵にくるまり、抱き合うようにして寒さをしのいだ。

鉱石を掘る金穿大工《かなほりだいく》の男が傍らで万吉にぼそぼそと話している声が聞こえた。

「故あって京都から流れてきた」

頑丈そうな体格をしていたが痩せ衰えていた。手足は棒のように細かった。ときどき咳をしていた。

　この年の一月、京都は未曾有の大火に見舞われ二条城も御所も消失した。京都の町の四分の三を焼き尽くした。西陣の織物にも大きな損害を与えた。織物職人だったその男は大火で家族と職を失って佐渡金山にやってきたのだった。

「地底深く掘るんだ。辛い仕事での、もう身体はがたがた、動かない。気絶え（酸欠）や山よろけ（肺病）になって、そのうちどす黒い血を吐いて死ぬる。もって二、三年の命よ。江戸から連れてこられた水替無宿はもっとひでぇ。丸太の梯子を伝って数十丈の地底で水を汲み上げるんだ」

　男は低い声で呻くように歌い出した。

　　二度と来まいぞ
　　金山地獄
　　来れば帰れる
　　あてもない

　聞いていた万吉には言葉もなかった。

「あの子らの一生懸命な姿を見て少しは元気が出た。がんばってみるか」

　筵にくるまって横になっていた太一、太助、いともじっと聞いていた。春松だけは疲れて眠っていた。

「ありがとうございます」

万吉が礼を言った。

江戸は深川の大工の子だった万吉は、両親を病で失い、さんざん苦労した。重三郎親方の養子になり、角兵衛獅子になった。寡黙だが人の痛みが分かる。泣いている人を見ると声をかけずにはいられなかった。弱い立場の人に情が深かった。金山の鉱夫に喜んでもらえてほんとによかった、と万吉も太一、太助もいとも心から思った。

暗い海から一晩中海鳴りが聞こえていた。


佐渡ヶ島には遊郭もあった。

二日目、万吉組は水金遊郭界隈で角兵衛獅子を舞い踊った。始める一刻前、万吉たちは遊郭周辺を歩いた。

水金遊郭は、海に流れ込む水金川を挟んで南北に区画されていた。入り口には大門が立ち、傍に番所があった。水金川の両側に妓楼が並んでいた。川に「忍ぶ橋」という円形の石橋がかけられていた。遊女が苦界に耐え忍んだことから名づけられたといわれる。夜ともなれば界隈に三味線の音や呼び込みの声が聞こえる。

いとは、一番後ろを歩き、華やかな妓楼を眼に焼きつけるように見ていた。終始無言、泣きたいような、怒りたいような複雑な表情だった。妓楼蔦谷の前で足を止め、動かなくなった。

「おい、いと」
万吉がいとを振り返った。
遊女もまた過酷な環境のなかに生きていた。多くが親の借金の形に売られた。病気になっても口には出せなかった。医者や薬代が給金から差し引かれるからだった。働きに働かされ、客の取り方が少ないといって怒鳴られ、小突かれ、折檻された。年季奉公で身体をこわし、それでも耐え忍び、二十代で病死する娘があとを絶たなかった。
いとの姉ちよも蔦谷の遊女の一人だった。十七歳だった。洪水で両親と弟を呑みこまれ、妹のいとと二人きりになった。しばらく叔父の家に世話になっていたが、口減らしのために姉は遊郭に売られ、妹は角兵衛獅子に拾われたのだった。いとには、遊女の身の上はみな自分の姉と同じだと思った。
テテン、テンテン、テン
十数軒の妓楼が軒を並べる遊郭の中ほどの一角に太鼓の音が響く。妓楼の見世《みせ》の始まる前、昼下がりの一刻だった。
万吉が太鼓を打ちながら口上を述べ、芸を先導する。
「まずは初めに『青海波』
岩に当たりて寄せ来る波
うつ波　立つ波
紀州和歌の浦　青海波」

太一、太助、春松、いとの四人が息の合った芸を見せる。

どこか楽しそうでもある。万吉は、その調子だと眼を細める。

「かわいい」

「いくつかのう」

傍まできて見ている遊女、楼主やおかみさん、男衆などの遊郭関係者。近所の漁師の女房、子供たち。たちまち黒山の人だかりができた。

「舞い込み」「人馬」「水車」などの芸に惜しみない拍手が送られた。

(どこかで姉ちゃんが見ているかもしれない。元気に精いっぱいやろう)

いとはぴんと背筋を伸ばした。

妓楼の二階から手を打つ遊女たちもいた。そのなかに、いとの一部始終を瞬きもせずに見つめる遊女がいた。いとの姉、ちよだった。いとがこっちに眼を向けたような気がした。

獅子舞の後刻、蔦谷の裏手にある本興寺。境内に薄暮が迫っていた。

万吉の計らいで姉妹は会うことができた。

「いと」

「姉ちゃん」

お互いの姿を認めると走り寄った。

姉のちよが、ひざを折ってしゃがみ、いとの赤い獅子頭ごと胸に抱いた。

「姉ちゃん、姉ちゃん」

いとは、ちよにしがみついて泣いた。

「いと、どうしていた。獅子舞は辛くないかい。親方はいい人かえ。ちゃんと食べているのかえ」

三年の月日を埋めるように、ちよは問いかけた。

「姉ちゃん、大丈夫だ。ちゃんとやってる」

心配かけまいと、いとは言った。

ちよの眼にみるみる涙があふれた。

「姉ちゃんは？」

「うん」

乾いた咳をしている。顔色も悪い。

「姉ちゃんも元気だ」

笑顔を見せたが、ふいに顔が歪んだ。

生きているあいだ、もう楽しいことなどないと思っている。不幸には慣れていた。いつここから抜け出ることができるのかも分からない。ふたたび妹のいとと暮らすことができるのだろうか。そう思うと妹が哀れで不憫でならない。

「いいかい、いと」

いとの肩に両手を置いた。

「身体にだけは気をつけるんだよ。生きてさえいればきっといいことがある」

手を握ると、いとは強く握り返してきて、いつまでも離そうとしない。

境内の入り口近くで待っていた若親方万吉が拳で涙を拭っていた。

ちよは、若親方の万吉に深々と頭を下げた。

「姉ちゃん！」

背を向けたちよに叫ぶ。

ちよは一度も振り返らなかった。下駄の音が遠ざかった。

見世の台所の暗がりにしゃがむと、手で顔をおおって長い間すすり泣いた。

いとの帰った通りに雪が積もっていた。

（人の涙が雪になるんだわ）

ちよは、そう思った。


万吉一行は翌日、能舞台を見る機会を得た。角兵衛獅子の支援者、春日神社の宮司の粋な計らいだった。贅沢な話だと思いながらもその好意に感謝した。子供たちの見聞を広げてやりたいと思った。

佐渡ヶ島は、能の大成者世阿弥が流されたこともあり、百姓が畑仕事で謡曲を口ずさむほど盛んだった。演者には百姓もいるという。

演目は世阿弥作の「柏崎」。笛、太鼓、小鼓、地謡。能面の舞。

太一や太助、とりわけ太一はその舞に驚き、眼を見張った。獅子舞と比べて能は極端に動きが少ない。だが、どこか恐いほど引き込まれる。一つひとつのわずかな動きにも意味があるようだった。一体、何が違うのか。子供ながらに考えさせられた。いい勉強になったと思う自分にも驚いていた。

舞う能面の表情がなぜか、どこか哀しく感じられた。

物語は見てもよく分からなかったが、宮司が教えてくれた。

月潟村からそう遠くはない越後・柏崎が舞台だという。

家臣の小太郎から夫の死とわが子の失踪を聞かされた柏崎殿の奥方は、故郷を離れ、信州の善光寺に詣でる。僧の制止を振り切って仏前に進み出た奥方は、夫の形見を身にまとい、夫を追慕して舞い始める。やがて、先日この寺に入門した少年が奥方の子供と判明し、二人は再会を喜ぶ……。

母子の再会。若親方の万吉も、太一・太助も、いとも、春松も、みな両親に死に別れ、あるいは生き別れた。誰もが母が恋しかった。あたたかい母の愛がほしかった。「柏崎」の強くやさしい奥方は、自分の母なのだと思いたかった。

3　山が笑う

天明九年・寛政元（一七八九）年、霞たなびく春——。

卯七組の卯七、小三郎、藤八、富三、ぬいの五人は、越後の豪農屋敷を廻る旅に出た。若親方の卯七以外はみな初めての巡業だった。

越後は米どころ。大勢の小作人を使い、田畑を貸し与えて小作料をとり、質屋など他の商売にも手を出して潤った諸国有数の豪農があった。

まずは月潟村に近い大庄屋の笹川屋敷に向かった。

小さな獅子頭、縞の立付け袴、筒袖に襷姿の角兵衛獅子たちが行く。

長い冬が終わり越後平野にも春がきていた。陽光はあたたかく、やわらかい風が吹きわたり、萌え立つ若葉が匂った。道々、タンポポやスミレ、ケシの花が眼に入った。梅の後に咲く山里の清楚なヤマザクラが青空によく映えていた。百姓たちは「田打ちさくら」「種まきさくら」と呼んだ。まもなく農作業が始まる。向こうの山々が、うれしくて笑っているように見えた。

「藤八、遅れるな」

先頭の卯七が声をかける。卯七は手足が長く、眼も鼻も細い。

卯七は旅籠前に捨てられた子だった。右眼の下と唇の左の下にほくろがあった。ふた親はどこの誰か分からない。重三郎親方がもらい受けて育てた。いつか母に会いたいと思っている。十九歳になっていた。

八歳の藤八は洪水で家と家族を流され孤児となった。小柄で丸い眼をしていた。無口でやや愚鈍だった。芸の覚えも遅かった。

一つ年上で九歳のぬいが一番後ろを歩く藤八を待っている。ぬいは恥ずかしがり屋だが、がまん強い。しょっちゅう髪をさわる。

田んぼのあちこちに人影が見える。農作業は今、三本鍬を使った田起こしだった。やがて水をいっぱい張る苗代作り、種まきが始まる。子供たちの手伝う姿も見える。遊んでいる子はいない。

やがて一行は笹川邸の前に立った。

笹川屋敷は中ノ口川と味方江に面し、近郷の用排水と水運の要地に位置していた。

獅子の子たちは大きな門構え、豪壮な屋敷に眼を見張る。

三百六十坪の母屋の周囲は、高い土塁と水掘で囲まれ、邸内には仕切り土塁と塀があり、屋敷地を二分している。

大広間をはじめ、三之間、二之間、上段の間、奥座敷、御帳場、御茶間と多くの部屋があった。豪農の屋敷というより領主の館の雰囲気だった。使用人は五十人余という。

角兵衛獅子の子らの住んでいた百姓家はどこも小さく狭く暗かった。筵敷きと囲炉裏のある板敷きの部屋、土間、今にも崩れそうな壁。冬は冷たい隙間風が忍び込んだ。そこに継ぎ当てだらけの着物を着て暮らしていた。

獅子の子にとっては、この世のものとは思えない笹川屋敷だった。

「二階には子供部屋や乳母《うば》部屋もあるんだぞ」

使用人の男が話していた。

母屋の広い前庭。

笹川屋敷の主と奥方が腰掛に座った。隣には、その子供。角兵衛獅子とおない年くらいの兄妹がいた。兄妹の着物もまた主や奥方と同様に贅沢なものだった。

下男、女中、手伝い小作人など使用人たちが集まってきた。

ピピー、ピョロロー
テテン、テンテン
小気味よい笛、太鼓の音が流れる。

「お招きにあずかりました月潟村の角兵衛獅子にございます」

卯七が口上を始める。

子供たちは眼の前の豪邸に気おくれしてか、身体を硬くしている。

「どうした」

卯七が舌打ちをする。

「さてはこれよりご覧にいれますは、唐子人形お馬乗り」

太鼓がテテン、テテテ、テテン
「はいはい、どうどう」

馬の姿をとる子、馬にのり移る子、馬を引く子。連続した動きが始まる。

藤八と同じ八歳の富三は、もたもたと動きが遅い。それでもなんとか型になった。

だが見物たちは、

「なんとまあ」

「上手、上手」

可愛い獅子舞に初めから拍手を送っていた。

「差し替えましては、水車……」

芸種を重ねるごとにピン、シャンと技が決まるようになって卯七は胸をなで下ろした。

この夜一行は、笹川屋敷長屋の下男部屋に寝させてもらった。下男三人、手伝い小作人六人が一緒だった。九歳になる小三郎は毎晩のように寝言を言うが、この日も、なにやら寝言を言い、寝返りを打って小さないびきをかきはじめた。


翌日、阿賀野川沿い、白鳥で知られる瓢湖にほど近い伊藤屋敷に向かった。

ぬいが歩きながらずっと唄をうたっていた。

「何の唄だい？」

卯七が聞く。

「ううーん」

にこにこしているだけだ。

「桜」「田植え」「ひばり」。そんな言葉が耳に入ってくる。どうやら見た風景を節にした、ぬい流のつくり唄のようだった。声が明るく澄んでいる。

「ぬいは上手だ、天才だな」

卯七の言葉にぬいは顔を赤らめた。

伊藤屋敷も豪壮、広大な屋敷だった。

大旦那の使う部屋だけでも一軒の家が建つといわれた。弥彦山まで他人の土地を踏まずに行けるというほどの大地主だった。敷地八千八百坪、屋敷面積一千二百坪。周りには梅、松、桜、もみじなどの木々が繁っていた。大玄関は総檜造りで唐破風。三間続きの茶の間は開け放すと三十七畳。一隅に四方の炉が切られており十六人が一度に腰をかけることができた。使用人たちは雪国の長い夜ここで暖をとった。風呂のない村人も寄ってきた。台所の広さ七十坪。番頭、女中、農夫、人足、大工など六十人余の使用人がいた。毎朝一俵（六十キロ）もの米を炊いたという。

「さてはみなさま、月潟村の角兵衛獅子でござーい」

大地主伊藤家の広い庭。大旦那、奥方、その子供たちをはじめ大勢の使用人たちが見入った。色白のぬいの流れるように美しい可憐な芸が見る者を引きつけずにはおかなかった。

「おやっ」

卯七は太鼓を叩き、口上を述べながら奥方の様子をうかがっていた。奥方の視線はぬい以外には注がれなかった。

「これにて打ち止め」

七つの芸を終え、卯七が仕舞いのあいさつをした。

「うむ、よかったぞ」

大旦那は獅子たちを労《ねぎら》い、立ち去った。

奥方はしばらく佇んでいた。

「若親方、ちょっといいかい」

「へい、なんなりと」

「あの子、名前は」

「ぬい、と申します」

「かわいい子ね。芸も上手」

「ありがとうございます」

「話を聞いていい？」

「どうぞ」

ぬいが呼ばれた。

「おぬいちゃん、どうして角兵衛獅子に？」

ぬいは、恥ずかしさで声が出ない。

それでも小さな声で答えた。

「百姓のおとうは足が悪くなって、おかあも眼が見えなくなって仕事さできなくなった。そいでおまんま食べられなくなった」

言葉が途絶える。

「きょうだい？　女ばかり四人の、おらは二番目。おとうやおかあの医者代や薬代の借金が返せなくなって……」

また話が止まる。

「ほだか、ほだか」

奥方はうなずきながら待つ。

「借金返すために姉ちゃんは追分宿の飯盛女になった。おらも角兵衛獅子になった」

下を向いたまま何にも言わなくなった。

「かわいそうに、おぬいちゃん」

奥方は眼がしらを押さえる。

「娘もおぬいちゃんと同じ九つでね、去年の今ごろ流行病で死んだの」

半刻後。

「お世話になりました」

一行は旅支度を整え母屋の玄関に勢ぞろいし、辞去の挨拶をした。

「おぬいちゃん」

奥方は名残惜しそうだった。

「元気でね。また来るのよ。待っているからね」

身分が違い過ぎたが、そのやさしさがぬいの胸に染みた。ぬいはうつむき、くちびるをかみ、いまにも涙がこぼれそうだった。

奥方は卯七に獅子の子供へと祝儀を渡した。ほかの子には内緒にと、ぬいには余計にはずんだ。

世の中に伊藤屋敷の奥方のような人はそうはいなかった。

渡辺屋敷――。

所有地四百町歩。初代は村上藩に仕える武士だった。五百坪の母屋には諸国から取り寄せた銘木の柱や丸桁がふんだんに使われ、十二の蔵があった。庭園は京から庭師を招いて造らせたというほどの豪農。

奥方をはじめ下男下女、女中などが仕事の手を休め、広い玄関口に出迎えてくれた。

「お世話になります」

若親方の卯七をはじめ獅子たちが並んで頭を下げた。

年配の女中頭の案内で台所横の休息場で荷を下ろした。

卯七があらためて「よろしくお願いいたしやす」と挨拶した。

何か匂うような気がした。甘酸っぱい、どこか懐かしい匂いだった。何だろう。春の盛りだからな、と卯七は思った。

女中頭は卯七の顔をまじまじと見つめた。

「何か」

卯七が訝しそうに聞く。

「いえ」

女中頭は顔色を変え、急ぎ足で女中部屋へ行った。誰も寄せつけず、しばらくは出てこなかった。

卯七の顔の、右眼の下と唇の左にはほくろがあった。忘れようにも忘れられなかった。自分がお腹を痛めて産んだ子だった。月潟村の旅籠の前に置いてきた息子に違いない。ほくろが一つなら他にもたくさんいるだろう。だが二つもある。位置も同じだ。めったに二人といるものではない。しかも月潟村の角兵衛獅子とあれば息子に相違ない。後悔と悔しさと情けなさに苛まされ続けてきた。一歳だった息子は立派な若者に育っていた。面影が死んだ夫にそっくりだった。

「おいねさん」

女中の一人が部屋の外から呼んだ。はっとして居住まいをただした。

渡辺屋敷の女中になってから十九年が経とうとしていた。夫を長い病の末に失い、子を抱えて生きてはいけなかった。一度はわが子の首に手をかけようとした。だが、かわいい笑い声をたててじっと母親を見ていた。誰かよき夫婦に育ててもらった方がきっと幸せになれる。旅籠の奉公人が起き出す朝方、着ていた古袷にくるみ竹籠に入れて玄関前に置いた。息子は泣かなかった。澄んだ眼が母親を見ていた。やわらかなぬくもりが、いねの手に残った。

(どうか幸せになっておくれ。母を許しておくれ)

手を合わせて、その場を離れた。涙をふきふき、何度も振り向いた。

あの時の辛いみじめな思いと、わが子の匂いがよみがえり、眼に涙がもりあがってきた。

いねは卯七の顔を見たときから一言も口をきかなくなった。周りの女中が不思議に思ったが、身体の具合でも悪いのだと想像していた。

「これより月潟の角兵衛獅子をお眼にかけます」

卯七の声だ。

豪邸の庭先から、いねの耳にも聞こえてきた。

テテン、テンテン
ピーヒャラ、ピョロロー
卯七が太鼓を打ち、笛を吹いた。

いねには、哀しい音に聞こえた。

「さあ、いいか」

獅子に声をかけた。

思わず庭の隅に出てきた、いね。卯七の顔を見た。

卯七もいねを見やった。あの懐かしい甘酸っぱい匂いは、きっとこの人のものだと思った。

名乗るべきか否か。いねの心は千々に乱れた。わが子と一生会えなくなるかもしれない。詫びの一言が言えなくなる。いつかわが子に会いたい、と胸に秘めて生きてきた。見えぬところで幸せを祈ってきた。少ない給金の中から爪に火をともすようにお金も貯めてきた。どうしたらいいのか。焦り、逡巡し、悩みに悩んだ。獅子たちの芸はとうに眼に入っていなかった。

名乗らない方がいい、いや名乗ってはいけないのだ。いねの出した結論だった。親にどんな事情があろうと子捨ては許し難い罪なのだ。許してくれるはずもない。

卯七たちは渡辺家の台所横の休息場に一夜泊めてもらった。

「お世話になりました」

別れのときがやってきた。

奥方、下男下女たちが見送ってくれた。

後ろの方にいた、いねが卯七の前に立った。

「元気で……」

顔を見つめ、両手を包み、強く握りしめた。

袖口で目尻を押さえ、女中部屋へ向かった。あとに甘酸っぱい匂いが残った。

いねにとっては悲しい再会と再別だった。

「ありがとうございました」

卯七は、いねの後ろ姿に深々と腰を折った。

あの匂いがなつかしい母の匂いだったことを卯七は知らない。


このころ（天明初期）天候不順が続き、東北の津軽地方をはじめ各地が冷害や干害などの自然災害、凶作、飢饉に見舞われた。越後も例外ではなかった。

氾濫、大洪水の上に凶作、飢饉が襲った。村人は食う物もなく、くずやうど、わらびの根を掘り、木の葉まで食べた。新発田領では大水害の影響もあって餓死者が出るほどだった。

新発田の市島屋敷――。

所有地は千四百六十六町歩。切妻表門、玄関、仏間、数寄屋造りの水月庵など十二棟と広大。

越後でも指折りの豪農だった。飢饉や水害、重税などに耐えかねた百姓などの質流れ（土地手離し）で土地を集積し、北は紫雲寺潟新田から南は新津、白根地方までまたがった。

丹波の市島村出身の市島家には、こんな言い伝えがある。

——その昔、ある夫婦が貧しいために村にいられなくなり、越後の出雲崎にやってきた。二人は草鞋を作り佐渡ヶ島へ渡る人に売った。その人たちが佐渡ヶ島から帰ってくると古草鞋をもらうことにした。たいてい相川へ行った人たちだった。相川は金の産地。草鞋についていた土には金が混ざっているかもしれない。夫婦は大きな盥《たらい》に水を入れ、何百、何千という草鞋を洗った。すると思ったとおり、盥の底に金が残った。夫婦は、その金をもとに商売を始め、後に百姓を使って越後平野の開発にも手を伸ばすようになった——。

百姓には、自分の田畑を耕して暮らす自作（長百姓）、地主に田畑や土地を借りている水呑百姓がいた。年貢が払えずに土地を失った百姓たちは豪農、地主の使用人、農夫となって働かざるを得なかった。市島屋敷に何人もいた。朝早くから夜までくたくたになるほど働かされていた。

卯七組一行は近くの村々で門付巡業をした後、市島邸に一夜世話になった。馬屋横の長屋、広い下男部屋に寝た。土間には多くの農具、臼や杵、つづら、雲竜水などが置いてあった。

若親方の卯七は考え事をしていた。万吉組、清二組を含めた三組の中で卯七組の子供たちが八歳と九歳で一番幼かった。卯七も十九歳だった。

（いい子たちだが、これからどうなるか）

卯七は真夜中、眼がさえて眠れず寝がえりを打った。と、暗闇にひそひそと話し声が聞こえた。下男部屋の隅の方からだった。違う声から三人と知れた。使用人であることは間違いない。

「どこもかしこも、ひでぇことになっている。春にまく種籾もねえ。百姓は飢えて死ねというのか。おらたちは耐えに耐えてきた。民百姓あってのお上だろ。こうなったら旗を立てるしかない」

やや早口の男が言う。ようやく聞き取れる小声だ。

「各村の百姓衆が結束して、お上に強訴するしかねぇ」

別の男の押し殺したような声。

「五作の村じゃ一軒一人ずつ二十人が一味同心したというぞ」

三人目の低い声が聞こえる。

卯七は耳をすませる。

「定吉の村も起請文を燃やし十五人が神水を飲んだそうだ」

間をおいて、

「一揆の法螺貝《ほらがい》の音が聞こえてきそうだ。おらたちも、みなに呼びかけるべ。傘連判状をつくって起ち上がろうぞ」

最初の男の声は切羽詰まっている。

卯七は意外なことに出くわし、驚いた。同時になんとか力になれないものかとも思った。虐《しいた》げられた百姓の姿はどこでも眼にしていた。深く同情していた。角兵衛獅子の多くも貧しい百姓の子だった。

（俺たちは巡業でどこへでも行ける。秘かに何かの連絡はつけられる）

話はまだ途切れ途切れに続いていたが、卯七は眠気に襲われた。

翌朝。

三人の男は母屋の庭に引きずり出された。

でっぷり肥って動くのも大儀そうな当主が縁側に腕を組んで立っていた。牛馬を見るような蔑《さげす》みの眼だった。当主は一帯の百姓が恐れる絶対的な支配者だった。

「この不忠者が。大旦那に恩を受けていながらとんでもねぇ野郎らだ」

使用人頭の体格のいい男が言い放った。眼で合図をすると下男ら十数人が三人に飛びかかった。殴る、蹴る、棒で叩く、唾をはく。三人は両腕で身をかばい、転げ回った。

「てめえら分かっているのか。一揆は大罪、磔《はりつけ》、獄門だ」

なんてことを、虫けらのように。卯七にはどうすることもできなかった。だが、後に続く者が必ず現れるだろうと思った。

どうやら三人の話を昨夜、部屋の外で盗み聞きしていた者がいるらしかった。

獅子の子供たちは惨《むご》い光景にぎょっとしていた。

「見るな！」

とっさに卯七が叫んだ。

だが、

「お願い、やめて！」

突然、ぬいが泣きながら使用人頭にぶつかって行った。止める間もなかった。

「このがきは」

ぬいは横っ面を張られて吹っ飛んだ。

「何をする。この子に罪はねえ」

暴行された男の一人が転がり来て、ぬいを抱きかかえた。眼が憎しみに燃えていた。


一揆や打ちこわしは当然のことながら子供たちをも巻き込んでいった。あるところでは、打ちこわしの衆が押し寄せる前に五、六人の少年たちがやってきて「米を貸して下さい」と頼んで歩いたという。そのなかに、仲間たちに頼りにされ慕われた「大将」と呼ばれた大柄な少年の姿もあったといわれる。

打ちつづく天災、凶作、飢饉で百姓たちは困窮のどん底にあった。だが、お上は容赦なく年貢を取り立てた。さらに地主や造り酒屋が米を買い占め、売り惜しみ、米価は六、七倍にはねあがった。餓死、一家心中、田畑を棄てて逃亡する逃散、欠落が続いた。各地で一揆が起きていた。捕まれば厳しく処罰された。

市島邸のある新発田ではすでに正徳二（一七一二）年、大庄屋の私利私欲の取り立てに抗議して与茂七らが頭取となり郡奉行所へ直訴した。敗訴となり、斬首獄門になった。世に与茂七騒動といわれた。

天明三（一七八三）年十一月、頸城郡柿崎で年貢の減免、米価引き下げ、飢饉救済などを要求して多くの百姓が決起。頭取らは打首、遠島などの処罰を受けた。

天明六（一七八六）年五月。凶作のなか、姫川水害復興工事で三、四年の国役普請が続き、かつ各戸に上納金が課された。根知谷八カ村の百姓たち二百人が上納金反対を強訴し、五十人が入牢させられた。

天明七（一七八七）年一月。刈羽、三島、蒲原地域九カ村の庄屋が江戸で寺社奉行あてに椎谷藩出先役人の苛政による村人の困窮を訴えた。長きに亘ったが、庄屋、百姓ら十四人が死罪、欠所となった。

天明後、寛政期になると一揆はさらに頻発した。寛政元（一七八九）年二月、越後・三島郡の九カ村は幕府領から長岡領へ支配替え、以後重税となり二年後に村民が神水を飲んで強訴した。

角兵衛獅子の子供たちは、こうした世の動きを見、聞き、生きなければならなかった。

卯七組の五人は下越の村々を回り、起伏や断崖の多い難所の葡萄《ぶどう》峠を越えて出羽国に入った。

4　旅寝の草枕

天明九年・寛政元年（一七八九）夏――。

梅雨が去って夏がきた。どこまでも青い空が広がっている。

太陽がぎらぎらと照りつけ、陽炎がたっていた。北国街道を直江津から高田に向かう一行があった。

先頭を行くのは、縞の着物の裾をはしょり、股引きに手甲脚絆、草鞋姿の角兵衛獅子の若親方清二。三人の若親方のなかでは一番若い十八歳。後に続くのは縞の立付け袴に襷、小さな獅子頭に赤い頭巾をかぶった獅子の留吉、茂七、すゑ、はなの四人。はなは、まだ八歳。

ところどころの田んぼの隅で小ぶりの向日葵が咲き誇っていた。

田んぼでは稲の雑草を取り除く田の草取りが始まっている。夏の土用入りまでに一番草、二番草、三番草と繰り返す。腰を折りながら稲の間を分けて草を取る。前後四十日余の重労働だ。葉先で眼を突くこともある。百姓仕事は腰を使う。秋になるとヨイヨイ（痛風）になる者が少なくない。

凶作が続いている。果たして今年は稲穂が稔るのか、清二は心配する。

清二は、ずんぐりむっくり。癖で時々指をポキポキ鳴らす。性格は明るい。

父親が誰であるか分からない。母も流行病にかかり、あっけなく死んだ。重三郎親方に育てられ角兵衛獅子になった。厳しくもやさしい重三郎親方に父親をみた。

清二組は信州の善光寺をめざしていた。高田から二本木、関山、二俣、関川、野尻、牟礼、善光寺の道程である。

「着いたぞ、高田城下だ」

先頭の清二が手を振っている。

「はな、茂七、大丈夫か」

年上のするゑが気遣う。

二人ともバテ気味だ。肩で息をしている。

高田は慶長十五（一六一〇）年に徳川家康の六男・忠輝が入ったのに始まる。義父の伊達政宗を普請総裁として高田城を築いた。城郭、家中、町家、寺町という町割。紺屋、鍛冶屋、医者などが並んでいる。

冬になれば諸国有数の豪雪地帯である。ある風流人が「この下に高田あり」という高札を立てた。それを見た加賀の飛脚が狂歌を書き添えて行ったという。

「諸国まで高く聞こえし高田さえ今来てみれば低くなりけり」

その高田も今は夏真っ盛り。

一行は高橋孫左衛門の店の前を通った。幾つもの腰掛椅子に多くの旅人が座っている。

「ここは、水飴がうめんだ」

清二がみなを手招きした。

「一休みだ」

店に注文して椅子に腰を下ろした。

子供たちは獅子頭をとり、着物の襟《えり》をゆるめて風を入れ、寛いだ。

間もなく粟の水飴が運ばれてきた。

「うめえ」

「ほんだ」

とくに水飴と寒天だけでつくる翁飴《おきなあめ》は、なつかしい素朴な味で人気だ。高田城主の参勤交代のお土産にも使われたという。

半刻後。

ピョロロー、ピーヒャラ

テテン、テンテン、テン

清二が笛を吹き、太鼓を響かせた。乾いた音だった。

「彼の方から此の方まで取り組んで返しますれば

水なきところにクルクル回る斬時の間

淀の川瀬の水車」

獅子たちは腹と腹つけ、互いに腰を抱き合って、まるで巴のようだ。その場を狭しと回転する。

「差し替えましては俵転がし」

一行は城下の家々を門付けしながら幾つもの芸を披露した。飛び、跳ね、逆立ちし、舞った。

まああの出来だと若親方の清二は思った。

この日は高田城下外れの百姓家に泊まった。

清二組一行は、高田城下を南下していた。

炎天下、じっとしていても汗ばむ。歩くのが辛い。身体はだるく、眼もくらみ、からからにのどが渇いた。

「あったぞー。こっち、こっち」

目ざとい留吉が湧水を見つけて手を振る。留吉は色が黒く、勝気で負けず嫌い。

「冷てぇ」

代わり番こに口をつけてごくごく飲み、顔を洗った。

絵の好きな留吉は山々の風景に見とれ、眼をすぼめたり、指で枠をつくったりしていた。

二俣を通過し関川宿にさしかかった。

関川宿は越後と信濃の国境、交通の要衝で重関所になっていた。加賀藩をはじめとする北越各藩の参勤交代や佐渡の金銀が通過した。このころ諸国五十四カ所に関所があり、重関所は北国街道ではここだけだった。

関所を通るには手形が必要だった。大量の武器が江戸に持ち込まれないよう、また各藩主が江戸に人質として残した奥方が国元に逃げ帰らないよう、鉄砲と女の出入りを厳しく取り締まった。「入り鉄砲と出女」といわれた。関所破りは厳しい御法度、大罪だった。手形を持たぬ逃散者、駆落者、脱藩者、無宿者などは裏道を抜けて逃げた。手形の調べは明け六つ（午前六時）から暮れ六つ（午後六時）までとなっていた。

木戸には六尺棒を持ち、辺りを睥睨《へいげい》する関所番人らの物々しい姿が眼に入った。

「親方」

獅子の子たちは清二の背中に隠れるようにした。

清二は定役人に一礼して手形を差し出し、なんなく通ることができた。

後を振り返ると旅芸人たちがいた。義太夫、大神楽、独楽回し、琵琶法師、講釈師などが待っていた。

「おい、行け」

「うむ、よしっ」

芸人たちは何も聞かずに通された。厳しい検問の関所で旅芸人だけは例外だった。一年中諸国を旅しているので所番地はなく、身元証明者がいなかった。関所役人の前で芸を披露して、芸人だと納得させればそれでよかった。

角兵衛獅子は月潟に居住しているので手形が必要だった。

「うっ、やあー」

鋭い気合が響いた。座った瞬間に刀を抜き放ち、瞬時に鞘《さや》に収めた。眼にもとまらぬ早技だった。獅子の子たちが眼をこする。

小倉絣の袴をはしょり、紺の襷をかけ、頭には白い鉢巻きをした居合抜き芸人が役人の前で芸を披露していた。

「おおっ」

台の上に置かれたきゅうりやなすがばっさり両断された。

役人も眼を丸くしていた。

「さ、よくごらんあれ」

そういうと今度は立ったまま素早く刀を抜き、いつのまにか鞘に収めていた。

「あい分かった。通過を許す」

「次、詮議いたす。早くせい」

三味線を伴奏に浄瑠璃語りの哀調ある音曲が流れ出た。

旅芸人の芸、技に角兵衛獅子は強い興味関心と敬意を抱いた。

若親方の清二はひとり胸をなで下ろしていた。芸を見せて関所を通ることになったら、この子らに果たして通過許可が出たかどうか。芸が拙《つたな》いと決めつけられたら、非情にも関所破りとみなされ捕らえられるからだ。

野尻宿に向かった。野尻宿は「七曲り」といって曲がりくねった坂道が多い。信州は山の国。戸隠、飯綱、黒姫、妙高の山々に囲まれた野尻湖が眼下に見え、交通の要地でもあり賑わっていた。旅籠も中山道六十八宿のうち深谷宿についで二番目に多かった。

野尻宿から牟礼宿を通り、善光寺をめざした。

浅間山は、はるか東方に位置していた。

六年前の天明三（一七八三）年四月、浅間山の大噴火が起きた。その後五月、六月、七月と続いた。激しい爆発音、広域に降り積もった灰が人家、人命、田畑などに甚大な被害をもたらした。江戸でも灰が降り、噴火の轟音《ごうおん》は京、大坂にまで響いたという。さらに天候不順、凶作が追い打ちをかけ、東北を中心に容赦《ようしゃ》なく飢饉が襲った。仙台藩で餓死者四十万人、津軽藩十三万人といわれた。

道中、土地が荒れ、赤黒い石や岩がごろごろしているのが見えた。

「胸に思いの煙が絶えぬ。やっと、さのせ」

戯作者の十返舎一九も後に記している。


「難儀だったな」

清二が汗を拭き拭き言った。

一行は善光寺に着いた。

むくむく入道雲が立ち上り、セミの声がうるさかった。

善光寺の周りには、僧侶をはじめ仏師や刀鍛冶など多くの職人、商人たちが住んでいた。旅籠屋や遊女屋も軒を連ねていた。門前にひらけた宿場町として栄え、多くの参拝客で賑わっていた。境内参道の両側にはお土産物や蕎麦《そば》、野沢菜、木曽檜細工、寒心太などの店、仏具を売る店などがあった。

「まずは見物だ」

清二が獅子の子供たちを連れ歩いた。

善光寺の大道を進むと仁王門、山門があり、本堂があった。子供たちは、その高さ、大きさに眼を見張った。阿弥陀如来は本堂に安置されているという。

本堂を見上げていた年寄り夫婦が話していた。

「ばあさんや、来てよかったのう。遠くても一度は詣れ善光寺だってさ」

「あいや、牛に引かれて善光寺ともいうわいの。参拝すれば極楽往生できるで。ありがたや、ありがたや」

善光寺は篤く信仰されていた。

「身はここに心は信濃の善光寺　導き給え弥陀の浄土へ」。善光寺御詠歌である。

とくに女衆を中心に参拝者が増えた。お伊勢さんへ詣って善光寺を詣らぬは〝片詣り〟といわれた。お伊勢さんも女神、善光寺さんも女人済度のお寺ともいわれていた。

「女を救う仏様だとよ」

ばあさんが折り曲げた腰を伸ばして言った。

女を救う仏様と聞いて、するとはなは、眼を見合わせ、本堂の阿弥陀如来の前で小さな手を合わせた。二人とも貧しい家の子だった。幸せになりたいと一心に祈った。

「角兵衛獅子の子かえ？」

横で手を合わせていた五十路の女が、小さな獅子頭に赤い頭巾をかぶった二人を見て話しかけてきた。

「はい」

「えらいねえ。幾つだい」
十、とするゑ。八つ、とはな。
「そうかい」

やわらかい笑顔だった。

「親御さんは？」

二人は下を向いた。

「大変だったろうねえ」

参道で買った飴を手に握らせた。よかったら話を聞かせてと、境内の寺椅子へ誘った。

するゑが清二に断ってきた。

「何があったの？」

本当は誰にも話したくなかった。

「父ちゃんも母ちゃんも死んだ」

するゑがポツリと話し出した。

「父ちゃんは博打ばっかりやって家に帰ってこなかった。母ちゃんは縫物の内職をしたり百姓仕事を手伝ったりしてきょうだい三人を育ててくれた。だども母ちゃん、身体が悪うなって……」

するゑは言葉を呑んだ。女はするゑの顔を見つめ、待った。

「母ちゃんは一度、もう疲れた、みんなで死のうとおらたち三人を連れて大川に行ったことがあった」

誰もいないところでいっぱい泣いたことが思い出されてするゑは、そこで泣き崩れた。小さな背中に切ない過去を背負って生きてきた。

「辛かったね」

女は涙ぐみ、するゑの背中をさすった。

「おらは」

もじもじしていた、はなも口を開いた。

「家は直江津の漁師だった。おとうは嵐の夜、遭難しただ。おかあと弟は病気で死んだ。おら一人になった」

普段はころころとよく笑う子なのに涙を必死でこらえていた。

「そうだったのかい」

女が声をもらす。

「親戚に引き取られたけど、叱られて、ごはんもろくに食べさせてもらえなかった」

朝から晩まで働かされ、冬は手にあかぎれが絶えることがなかった。

「いやな思いばっかりした」

声をつまらせた。

だが、しばらくして今が一番楽しいと言った。自分を抱きしめるような明るい声だった。

「そうかい、そうかい。女の子は男の子より辛いことには強いもんだ」

そして続けた。

「辛くても、くじけちゃだめよ。辛抱してがんばってね。きっといいことがあるから」

自分にもよほど辛い過去がありそうな、その女は言った。

門前のあちこちで旅芸人が稼ぎをしていた。

春駒、虚無僧《こむそう》、狐面、瞽女《ごぜ》などに人だかりがしていた。

絵の好きな留吉が懐から小さな矢立を取り出した。小遣いをためて買ったものだ。絵具や絵皿、毛筆は高くてとても買えない。墨を染み込ませた筆を使った。留吉は虚無僧と瞽女の姿をザラ和紙にササッと一気に描いた。時間はかけられない。速く、上手くを目指してきた。自己流だが、好きこそものの上手なれだ。「ほう」。周りの者がその手さばきを見ている。

旅芸人でひときわ観客を集めていたのはガマの油売りだった。日に焼けて色の変わった着物、袴の侍姿で襷、鉢巻きをし、高下駄をはき、腰に長い刀を差し、白扇を持っていた。

「さて、お立ち会い。ご用とお急ぎでない方はしばらくの間、話を聞いて行って下され」

清二が横目で見て言った。

「冗談じゃないや、こっちだって忙しいんだ」

角兵衛獅子は、少し離れたところに場所をとった。

テテン、テテン、テン
テレック、テレック、テンテン
清二が太鼓を打ち鳴らす。

「越後の角兵衛獅子でござーい」

小さな獅子頭をつけ、筒袖に赤い襷の留吉、茂七、はな、するが一礼する。

口上とともに「人馬」の芸が始まる。

「人馬小褄《こづま》、取り返して肩櫓《かたやぐら》
　いよいよ大井川、川越しの形」

　向かい合って相手の腰の上に乗り継ぎ、するりと肩車に乗った。

「獅子はクルクル回る鉄扇風車」

　肩に乗った子はなんと相手の首に両足をからめた。そして相手の背中に仰向けになって両手を広げて頭にぶら下がった。

　はらはら、どきどきの大技だ。危険な離れ技に見物は固唾を呑んで見とれている。

「さあ止まった」

　忘れていたかのように拍手、歓声がわき起こった。

　よくやった。清二が眼を細めて見やる。

「差し替えましては……」

　拍手のなかで八つの芸を一生懸命にこなした。

「やるのう」

「ほう」

　投げ銭も少なくなかった。

　昼九つ半。

「飯にしよう」

　若親方清二は蕎麦屋に入り、信州蕎麦を御馳走した。

信州は、蕎麦切り発祥の地。蕎麦粉と小麦粉を混ぜて水を加えてこね、のばし、切って作る。その味で諸国に人気を馳せた。

店は混んでいた。

トントントン
奥から蕎麦を切る包丁の軽快な音が聞こえてきた。

「はな、冷たくてうめえな」

すゑがうっとりしたように言う。

留吉と茂七がツルツルと小さな音を立てて食べている。

隣の卓に四十がらみの行商人が席をとっていた。店のおかみが信州蕎麦を運んできた。

その男が聞いた。

「牛に引かれて善光寺ってのは、どういう訳だね」

客が引き始めるころで、手がすいたのか、おかみは腰を下ろした。

「昔々、欲張りで偏屈な、年老いた女があったと。近所の人らが善光寺詣りに誘っても一度も行かなかった。ある時、その老婆が川で洗った布を乾かしていると、どこからか牛が現れての、角に布をひっかけて走って行ってしもうたんじゃ。老婆は必死で布を追いかけるうちにとうとう善光寺まで来てしまい、仕方なく参詣して帰ったというわけじゃ。牛に引かれて善光寺、というのはそこからきたということだよ」

角兵衛獅子たちは聞き耳を立てていた。

店の外には、荷駄を引く馬子、行商人、巡礼、武士などの旅人が絶えず行き交っていた。暑い陽射しが照り続け、眼にまぶしかった。

5　雁の便り

天明九年・寛政元年（一七八九）初秋――。

角兵衛獅子の万吉組、卯七組、清二組の三組は江戸へ向けて旅立つことになった。三組そろっての旅は、昨年秋の初巡業の弥彦以来一年ぶりだった。その後は組ごとに旅をし、獅子の子たちは多くのことを見聞きし、芸や技の経験を積んできた。

若親方と子供たち総勢十五人は、越後北国街道から信州追分に入った。

空には細い雲がかかり、街道には風が吹き、秋の気配が感じられた。縞のモンペに木綿の黒足袋、筒袖に小さな赤い獅子頭。赤い襷の垂れが風に吹き流されていた。

「佐渡ヶ島の金山へ行ったぞ」

万吉組の太一だ。

「おらたちは、(豪農の）大旦那やおかみさんの前で踊った」

卯七組の小三郎。

「善光寺さん、驚いた。芸人がいっぱいいたぞ」

こちらは清二組の、負けず嫌い留吉。

歩きながら、それぞれの組の年長が、この間のできごとを話している。

女の子たちもかたまって歩いている。

万吉組のいとが、佐渡の水金遊郭に売られた姉ちよと会ったことを話した。思い出すと涙がこぼれた。

「おいとちゃん、姉ちゃんに会えたんだ」

「うれしかったろう」

卯七組のぬいや清二組のするゑ、はなが、いとを囲んだ。

先頭を行く若親方の万吉、卯七、清二の三人も笑ったり、うなずき合ったりして、歩を早めていた。

一年ぶりの大勢の旅路で、話すことがいっぱい。退屈することはなかった。それに知らない町を歩くのはなにかしら楽しかった。

稲穂が風に揺れていたが、今年は果たしてちゃんと収穫できるのだろうか。心もとない稔りに見えた。ふるさと月潟はどうだろう。

街道の傍らに赤いよだれかけの石地蔵が五つ並んでいた。いとやぬい、するゑ、はなが、摘んできた野菊や桔梗を添えて手を合わせた。

一行はやがて追分宿に着いた。

追分宿は、浅間根腰の「三宿」といわれた軽井沢、沓掛、追分宿の中でもっとも栄えた。北国街道と中山道の分岐点、「追分の分去れ」であった。右は北国街道で更科方面へ、左は中山道で京、奈良方面への道だった。長旅で知り合った旅人同士が、「それではお達者で」と別れを惜しんだ場所でもある。

「分去れ」の道標のある奥に柏の大樹が繁り、その下に像が立っていた。

「何かしら」

ぬいが見上げた。

「うーん、観音菩薩かな」

万吉が首をかしげた。

ひざまずいて小さな手を合わせた。

一人の小間物屋が通った。旅籠の女たちを相手に商いをしていた。背中の荷は白粉や簪《かんざし》、笄《こうがい》、櫛、髪油、元結《もっとい》などだった。

「その花は旅籠の飯盛女たちが供えていったものだ」

飯盛女のなかに禁教の隠れ切支丹《キリシタン》がいるというのが小間物屋の話だった。この観音像を聖母マリア像にみたて秘かに祈りを捧げているという。客の接待だけでなく春をひさがなければならない日々、心の安らぎがほしかったに違いない。

「よくは知らないがキリスト様に仕えたマグダラのマリアという女も実は遊女だったと教えてくれた人もいた」

おだやかな表情の小間物屋は間接話法でそう言い、「先を急ぎますので」と立ち去った。隠れ切支丹をよく知っているだけではない人のようにも思われた。

歩きながら追分宿の賑やかさに誰もが眼を見開いた。
多くの商人や職人、旅芸人、僧侶、武士などが休息し、往来していた。
どこからか哀調をおびた「追分馬子唄」も流れてきた。

浅間山さん　なぜ焼しゃんす
下に三宿　もちながら
小諸出て見よ　浅間の山に
今朝も煙りが　三すじ立つ
追分枡形の　茶屋でよ
ほろりと泣いたわ　忘らりょか

「なぜ焼しゃんす」は、天明三年の浅間山大噴火、「浅間焼け」のことだろう。四月八日の爆発に始まり、五月、六月と続き、七月六、七、八日と空前の大焼けとなった。火砕流は山林を焼き尽くして流れ下り、一瞬のうちに村々を呑み尽くした。人馬の死骸や倒木、家財道具が利根川を下り、江戸川まで流れたともいわれる。諸国広範囲にわたって甚大な被害をもたらした。大量の降灰で田畑は全滅し、凶作、飢饉を誘発した。今もその爪あとはあちこちに見られた。
宿場の一角で何頭もの馬がつながれて水を飲んでいた。背に荷を積んで歩き出す馬もいた。人足が忙しく働いていた。

「ここは？」

太助が聞いた。

「問屋場だ」

若親方の万吉が教えた。

問屋場は人馬の継立業務、馬と人足の手配をする施設。幕府の役人や大名などが泊まるときに必要な人馬を用意し、飛脚業務も行っている。問屋場の長を問屋といい、助役の年寄や張付が詰めている。

獅子の子供たちが物珍しそうに覗き見ている。

近くにキセルの煙を立ち揺らせている、がっしりした身体つきの人足頭がいた。

「ほう、角兵衛獅子かい」

「あい」

太助がうなずく。

「おじさん、ここの宿場おっきいね」

「そうだ。なにしろ東西五町二十四間ある。本陣が一軒、脇本陣も二軒ある」

本陣とは天皇、幕府の役人、大名などが泊まる宿。大名の往来には百人から千人以上の家臣、従者が泊まるという。脇本陣は本陣に次ぐ格式の宿で、本陣だけでは泊まりきれない場合利用した。

「旅籠も七十一軒、茶屋も十八軒あるだぞ。ま、ゆっくり見ていきな」

造り酒屋、薬屋、質屋、髪結い、菓子屋、酒屋、うどん屋などが軒を連ねていた。

「まずは浅間神社に芸の奉納だ」

万吉ら若親方が歩を早めた。法度や掟書などを記した高札場を過ぎた。

浅間神社は杉や樅の木の大木に囲まれて薄暗かった。木立の間から浅間山が見えた。境内には栗の実がたくさん落ちていた。

参拝客も多かった。

トトン、トントン、トン
ピーヒャラ、ピーヒャラ
万吉が太鼓を打ち、卯七と清二が交代で笛を吹く。なんだかいつもの音色と違うような感じがした。

「越後は月潟村の角兵衛獅子の始まり始まりー」

口上が始まった。獅子たちは一礼をして構える。

「舞い込み」の芸を見せる。

「先ずは　獅子　勇みの技
踊り初めは　跳んではねましょう
返すからだは　こなたへ　もとへと」

角兵衛獅子を初めて見る人も多く、その軽業的な芸に眼を見張る。

「差し替えましては『金の鯱鉾』」

ぬいは逆立ちしながら姉ふきのことを思っていた。

（早く会いたいよう）

見物客の向こうにやさしいふきの顔が見えたような気がした。

ぬいたちは幾つもの芸を披露し、奉納した。

三組一行はこの後、追分宿を西の方角へ戻り、泉洞寺に通りかかった。

泉洞寺には飯盛女の墓があった。追分宿には多くの飯盛女がいた。「三味を横抱き浅間を眺め、辛い勤めと目に涙」とうたわれた。

飯盛女――。

旅籠に奉公している女で、大半は貧しさ故の身売り奉公だった。飢饉、凶作のためにわずかな金子で売られる幼少の娘もいた。口減らしでもあり、わが子を餓死させないためでもあった。なかには夫のある女、子をもつ母親もいるという。

初めは客の食事の世話や夜具をのべる仕事だったが、やがては春をひさぐようになった。客がとれなければ食事を抜かれ、叩かれ折檻された。年季があけてもなかなか借金は返せなかった。自害すれば本金の二倍の返済と記した証文もあった。生きるも死ぬも地獄だった。三十を待たずに死ぬ者が多かった。

角兵衛獅子の少女たちは泉洞寺を通り過ぎることはできなかった。若親方たちに頼んで境内奥の隅にある飯盛女の墓へ案内してもらった。二十を超える粗末な小さい墓石が枯れ葉に埋もれていた。

ぬいの長姉ふきも飯盛女になっていたのだった。足なえの父、失明の母の医者代、薬代がかさみ、その両親が死んで借金だけが残った。ふきは飯盛女にならざるを得なかった。村を回ってきた女衒《ぜげん》に安く買われ、旅籠に売られて行ったのだった。

ぬいは墓の前にひざまずき、眼を閉じ、長いこと動かなかった。女衒に連れられて家を出たふきが、田んぼの畦からふり返りふり返り、とぼとぼと歩いて行った後ろ姿を思い出していた。

みんなが心配顔でぬいを見ていた。

「そろそろ行くよ」

姉さん格のいとが、ぬいの背に手を置いた。

「うん」

ぬいは若親方卯七の口利きで姉ふきと会うことになっていた。

うれしさと緊張と恥ずかしさで身を小さくしていた。

ふきが働く旅籠は脇本陣の「油屋」だった。百人もの飯盛女がおり、部屋数も五十ある追分宿でも屈指の豪壮な旅籠だった。

ぬいはその「油屋」を見上げた。

風呂上がりか、手拭いで顔を拭く二階客が見えた。一階の上がりかまちで足をすすぐ旅芸人の姿も見えた。帰り仕度をしている者もいた。出入りが激しく眼が回るようだった。

「お泊まりなさいませよ」。旅籠の前では留女が客の袖を引いていた。引きとめられた商人風の男が「もっと安くしな」と宿代の交渉をしていた。

ぬいは「油屋」の入り口の土間の隅に恐る恐る立った。赤い小さな獅子頭、筒袖に長い襷、縞の立付け袴という角兵衛獅子の姿に「油屋」の客も通りを往来する旅人も珍しそうに見ていた。

「ぬい！」

四半刻後、薄紺の着物、黒帯に緋色の前かけ、髪に簪を挿したふきが現れた。色白、細面の懐かしい顔があった。

「お姉ちゃん！」

ぬいはふきの胸に飛びついた。

四年ぶりだった。

ふきはぬいを立たせるとかがんで妹の顔と体をしみじみとながめた。

「元気だったか。苦労をかけてすまないな」

自分はもういい、妹には幸せになってほしかった。あたたかな陽が射してほしかった。

「姉ちゃん、おら楽しくやってる」

笑顔をつくろうとしたのに顔が歪んで涙が勝手にあふれた。

「ぬい、ぬい」

ふきは何度も妹の名を呼び、手を取った。

「姉ちゃんも元気？」

「元気だよ。姉ちゃん、これでも売れっ子なんだよ」

「油屋」の入り口前で待つ若親方卯七の姿が見えた。

「妹がお世話になっています。ありがとうございます」

丁寧に頭を下げ、礼を言った。

「いえ」

卯七は二人だけにしてやろうと表通りへ出て行った。

姉妹は話したいことがあり過ぎて言葉にならなかった。

客が忙しそうに出たり入ったりしている。

名物の力餅を食べさせる近くの茶店にぬいを連れて行きたい。そう思って「油屋」のおかみに一時の暇を願い出ていた。だが、

「見ての通り、今日は忙しい。そんな時間はないんだよ。わかったね」

冷たくあしらわれた。

「ぬい、体に気をつけてな」

「姉ちゃんも。なんだか顔色悪いよ」

そのときだった。

「いつまで話しているんだい。さっさと仕事に戻りな、まったく」

おかみが、つっけんどんに怒鳴った。

「ただいま」

ふきはふところに手を入れ、ぬいに銭を握らせた。コツコツためてきた小銭だった。

「おいしいものでも食べな」

背を丸めて妹を抱きしめた。涙をふくと妹を外に押し出した。

(もう二度と会えない。そんなことは分かっていたのに)

「ねえちゃん！」

ふきは耳を塞ぐようにして旅籠の奥へ消えた。

かなかな、かなかな、かな。もの悲しい、ひぐらしの鳴く声が聞こえた。


角兵衛獅子一行十五人は、追分から中山道へ出て、江戸へ急いだ。

このころの旅は、大人の足で一日およそ八里から十里（三十二〜四十キロ）といわれた。夜明け前に発って夕方、日が暮れないうちに宿に着くようにしていた。だが、角兵衛獅子は子供、大人のようにはいかなかった。

中山道六十九次は東海道、奥州街道、甲州街道、日光街道とともに五街道の一つ。道のりは東海道より十里余長い。日本有数の山岳地帯であり難所も多い。

軽井沢宿を通過した。

軽井沢宿は天明三（一七八三）年の浅間山の大噴火で被害を受けた。上州一帯が火砕流や熱泥流、洪水に襲われたが軽井沢も例外ではなかった。中山道最大の難所、碓井峠をひかえて本陣・脇本陣、旅籠、茶屋が軒を連ねていた。

さあ、碓氷峠を上り、下りしなければならない。

碓氷峠は信州と上州の国境である。杉、松林が多く、昼なお暗く「うすいが峠」といわれていた。碓氷峠の麓《ふもと》に関所があり、厳しい取り調べがあった。中山道の最重要地点で、番頭二人、平番三人、同心五人、中間などが詰めていた。一日上り下り合わせて六百人ほどが通ったという。碓氷峠は東海道の箱根に次ぐ悪路といわれた。

急な山道が続く。絶壁がそそり立ち、岩がごろごろしていた。

「気をつけろぉ」

万吉が声をかけた。

樹林が深く、細い道の先がよく見えない。

「春、がんばれ」

いとが春松の横に並ぶ。

「太助、足もとをよく見て歩け」

息を切らしながら太一が言う。

上り地蔵、下り地蔵があり、山中茶屋があった。

名物の力餅を頼んで一休みした。足を伸ばし、草鞋のひもを緩めた。

休憩は短い方がよい。長くなると疲れがどっと出て立ち上がれなくなる。

「行くぞ」

今度は卯七若親方の声が飛ぶ。

獅子の子供たち十二人は黙々と歩いた。

陣馬が原の杉並木を歩き、やがて熊野神社が見えて来た。遠くに坂本宿が一望できた。全山、美しい紅葉。風が金色の葉を散らし始めていた。

こうして四里の道のりを下った。

後に安中藩主の板倉勝明は、藩士の心身鍛錬を目的に安中城内から碓氷峠の熊野神社までの七里（約三十キロ）あまりの中山道を走らせた。〝安政の遠足〟とも呼ばれた。

碓井峠を下り坂本宿へ向かった。直線でも四里はあった。

坂本宿からは松井田宿をめざした。二里十五町の道のりだった。遠くに榛名山、妙義山などが見えた。松井田宿は、信州諸藩が年貢米を輸送してきて、ここで払い下げることで賑わっていた。材木や絹を買いつけに来る商人も多かった。

一行は松井田宿からさらに安中宿へと急いだ。だが、秋の落日は早い。吹く風も冷たい。カラスの群れがバサバサと音を立て、空を横ぎっていった。

まだ八つの春松は疲れ切っていた。どこをどう歩いているのか、歩いているのか眠っているのか分からない、というふうだった。とうとうへたり込み、どっと崩れた。

「春、大丈夫か」

兄貴格の太一が駆け寄った。面倒見がよく責任感が強い。

「おぶされ」

太一が腰を下ろして背中を向ける。

足をひきずって歩いていたほかの子たちも次々に座りこんだ。

万吉ら三人の若親方が腕組みをして眺めている。途方にくれているようでもある。これでは安中宿にまで行き着けない。夜が迫っている。思案顔で相談を始めた。

「みんな、今夜は野宿だ」

万吉の声が響いた。松井田宿の中ほどだった。

「はあ？」

「あーあ」

安堵と心細さの入り混じった声がもれた。

万吉の視野の向こうに一軒の荒れた百姓家があった。柿の木の赤い実が見えた。鴉《からす》がしゃがれた声で飛び回っていた。

「太一と留吉、小三郎、ちょっと見てきてくれ」

「はい」

駆けて行った。

間もなくして三人は戻って来た。

「誰もいません」

太一が報告する。

「どうだ、泊まれそうか」

「はあ、なんとか」

「行くぞ」

万吉の一声で百姓家へ向かった。

一番後ろから、いとが春松の手を引いている。

「うえー」

「屋根が落ちそう」

傾きかけた家を前にしてたじろぐ子もいた。

長いこと空き家だったに違いない。屋根にも庭にも草がぼうぼうとはえていた。家の周りに咲き乱れる赤や白、紫色の秋桜が場違いに見えた。

板戸を引いて土間に入った。荒壁は崩れかけ、ほこりが舞った。囲炉裏部屋と狭い二間があるだけだった。年貢が納められず一家で逃散したのだろうか。

「いとたち女は囲炉裏の周りに莚《むしろ》や藁《わら》を集めろ」

万吉が言い、卯七も言う。

「男は枯れ枝を探してこい。早くしないと暗くなるぞ」

男の子たちは薄暮の雑木林へ散った。

手元が見えなくなるまで粗朶をかき集めた。それぞれがひと抱えして戻った。

「ご苦労だったな」

万吉が腰に提げた革袋から火打石と火打ち金を取り出して打ち合わせた。飛び散る火花を火口に移し、囲炉裏の粗朶に火を点けた。ぱちぱちと燃え始め、煙がたちこめた。

「わあ、点いた」

あかあかとみんなの顔を照らした。子供たちは手を打って喜んだ。

「周りへ来てあたれ」

「あったけえ」

手の平をかざして暖をとった。

「太一、土間に鍋、茶碗ねぇかな」

鍋とやかん、縁の欠けた茶碗が五つ見つかった。

家の前に冴えた川音が聞こえた。

小川に向かった、いととぬいが鍋と鉄びん、茶碗を洗い、水を汲んで戻ってきた。

囲炉裏の自在鉤に水を入れた鉄びんをかけた。燃え盛る火を受け、しばらくすると音を立てわき始めた。

五つの茶碗を回して白湯を飲んだ。体がじわーと温かくなった。何かの際にと若親方たちが松井田宿の茶屋で買ってきた味噌団子を一本ずつほおばった。

燃える火を見ているとぼうっと眠気が襲ってきた。

いとたち女子は、針や握り挟み、糸や針山など裁縫道具を取り出した。動きの激しい獅子たちの着物のほころびを繕った。

「明日は早いぞ」

莚や藁の中にもぐって囲炉裏の周りで雑魚寝した。間もなく小さないびきがあちこちから聞こえた。赤い獅子頭や襷の垂れを抱いて眠る子もいた。

夜は冷え込んだ。若親方の万吉や卯七、清二が順番に火を消さないように囲炉裏に粗朶をくべた。

夜が明けた。月はまだ山の端にあった。

「あったぞ！」

起き出して辺りを歩き回っていた男の子たちが歓声を上げた。

栗やアケビ、グミが朝の陽をあびて光っている。山の恵みに向かって駆けだして行った。

女の子たちは冷たい川辺で足踏みやたたき洗いで洗濯をしていた。セキレイが長い尾を上下に振って川辺を飛び歩いているのが見えた。

角兵衛獅子一行は安中宿を通り、杉木立の街道を板鼻宿へと歩いた。

板鼻宿は日本橋から二十八里二十四町（百十二キロ）。本陣と脇本陣、旅籠が五十四軒あった。中山道上州七宿の中で一番栄えたのは、碓氷川の渡し場を控える伝馬宿場としての役割があったからだった。

宿場には米屋、紺屋、餅屋、酒屋、古着屋、うどん屋などが並び、人通りも多かった。

本陣手前の旅籠泉屋伝右衛門を通りかかった。

「伝右衛門」

「あっ、ここだ」

指を差し、声をひそめて話している商人風の二人連れがいた。わけありの旅籠のようだ。

何にでも興味を示す若親方の清二が近づいて行った。

「ここで何かあったんですかい」

「う、うん」

軒下から離れて「大きな声では言えないが」と話し出した。次のような話だった。

ここ泉屋の泊まり客だった無宿人と近くの旅籠の飯盛女が相対死（心中）した。懐剣でのどをかき切った二人とも二十一歳の若さだった。女は越後の直江津生まれで、両親が長く病気を患って生活に困窮し、飯盛女として奉公に来たのだという。

清二は同じ越後出身の飯盛女の死にざまを憐れに思い、両手を合わせた。そして、この哀しい暗い話は獅子の子供たちには教えまいと決めた。

鐘が鳴った。称名寺が打つどこか哀しい音色の刻《とき》の鐘だった。

遠くに見える榛名山を雲が覆い始めた。

上州には越後出身で薄倖の飯盛女が多かった。

中山道の高崎宿、その先の倉賀野宿から分かれて日光例幣使道へ入って五つ目の宿場に木崎宿がある。六十軒以上の旅籠と二百人以上の飯盛女がいた。ここにも越後の地蔵堂や寺泊、出雲崎出身の飯盛女がいた。困窮ゆえに前借制年季奉公で売られてきた少女たちだった。年季があけても借金は返せず働き続けなければならなかった。

宿場からの遠出を許されない彼女たちが、心の安らぎを求めるためにお参りする小さな地蔵尊があった。季節の花が絶えなかった。

一晩に何人もの客をとらされる過酷な日々で、体を壊し、望郷の思いむなしく若くしてこの地に果てたのだった。大通寺には大欅の下に飯盛女たちが眠る無数の粗末な墓石がある。なかには、一衣一鉢、自由で無欲な僧侶の良寛とかくれんぼや手まりをして遊んだという娘もいた。

木崎音頭は、歌う。

越後蒲原どす蒲原で
雨が三年日照りが四年
出入り七年困窮となりて
新発田様へは御上納ができぬ
田地を売ろうかや子供を売ろうか
……
青木女郎屋というその家で
五年五カ月　五十五　二十五両
永の年季を一枚紙で
つとめする身はさてつらいもの

死んで行った木崎宿の飯盛女たちは角兵衛獅子たちの姉、若親方たちの妹の年ごろであった。

貧しい家に生まれながらも刻苦して立身出世した人もいた。上州の塩原多助だった。江戸へ向かう多助が心残りの愛馬の青と涙の別れをしたのは三国峠だった。江戸本所で炭屋を営み、富豪となった。後に三遊亭円朝が人情話にし、歌舞伎にもなった。

「おいらと同じ名前だ」

『た』の字が違うが、そうだな」

「がんばれば、おいらにもいいことあるかな」

「そうだ。悪いことばかりじゃないぞ」

万吉は微笑みながら言った。

角兵衛獅子の三組一行十五人は中山道を新町、商人の町・本庄、中山道で最大規模の宿場といわれた深谷、足尾銅山や秩父へ道が分岐する熊谷、雛人形で知られる鴻巣宿を稼ぎながら通過して行った。

凶作や飢饉で世情は暗く、ぎすぎすと、せちがらかった。旅道中にはさまざまな危険があった。賑やかな町中では巾着切り（スリ）が、山中では追いはぎが、川には雲助が旅人を脅し金品を奪った。若親方たちは十分に警戒していた。

だが――。

「あぁっ！」

桶川宿の手前だった。

かなり遅れて最後尾を歩いていた太助の悲鳴が聞こえた。

「どうした？」

兄の太一、みんなが振り返る。

ふところを探っている太助の姿が見えた。

その傍を二つの小さな影が走った。

「巾着を盗られた」

「巾着は紐をつけて腰に縛っとけと言ったのに」

太一が言う。

「姿が見える。追え」

若親方の万吉が走る。太一、太助も走る。二つの影は角を曲がった。

飛び、跳ね、走るのは角兵衛獅子の得意中の得意。やがて三人の視野に二つの影が入った。

幼い背中が見える。子供と知って驚く。男の子と女の子、七つか八つだろう。

「おい」

追いついて万吉が声をかけた。

息を切らしながらも隙をみて逃げようとしている。

「返しな、巾着」

万吉が男の子を、太一と太助が女の子の肩を押さえつけた。二人ともほこりまみれで、薄汚れた着物を着ている。

「人の物を盗ってはいけない」

「いやだい、放せ」

男の子が振り離そうとする。肩をいからせ、歯をむき出しにしている。

「あんちゃん」

女の子が泣きじゃくる。ほこりだらけの顔に涙がシミをつくった。

いとがやってきた。

「どうしたの」

万吉は、黙って見守っている。

「お腹が減っているの？　お金もないのね」

観念したのか兄はうなだれ、懐から巾着を取り出していとに渡した。

「ごめんなさい」

「どこへ行くの」

いとが聞く。

兄妹は黙ったままうつむいている。

「これを」

小餅を二つ差し出した。昼に若親方から茶屋で買ってもらった三つのうちの二つだった。

兄はひったくるように奪うと立ったまま食いついた。妹は兄を横目で見ながら思案している。

「お食べ」

「ありがとう」

ちょこんと頭を下げると手を伸ばした。

二人が食べ終わるまで一行は街道の端に腰を下ろして休んだ。

秋の山風が吹き抜けて行った。

兄は久三といい、妹はハルといった。兄の話によるとこうだった。

流行の疫病で早くに母親を亡くした。鴻巣で父親が男手一つで二人を育ててくれた。

父親は猫の額ほどの田畑を耕していたが、この夏、病んでいた心の臓が悪化して他界した。

菰《こも》蓙《ご》筵《ざ》の中にやせ細った身体を横たえていた。

「父ちゃん」

二人は取りすがって泣いた。

憐れに思った近所の人が形ばかりの弔いを出してやった。交代で兄妹に食べさせ、寝泊まりさせた。だが、二人は幼心にも、いつまでも世話になってはならないと思った。上尾宿で木賃宿を営む叔父を訪ね歩いてきたのだった。途中腹が減って、野良仕事に出ている家へ入り込み食べ物を口にしたともいう。

「そうだったのかい」

万吉が言う。

その場にいた太一も太助も、いともみな家族を亡くしている。だから幼い二人の悲しさ、心細さが手に取るように分かる。

「さあ、上尾まで一緒に行こう」

いとが言うと太一・太助兄弟と久三・ハル兄妹が手をつないだ。ほかの獅子の子たちも歩き出した。時々、子供たちの笑い声やはしゃぐ声が聞こえた。すっかり仲よくなった様子だった。

桶川までくれば上尾宿までは三十四町と近い。久三とハルの足は軽かった。

「木賃宿　久兵衛」の看板が見えた。二人の足は入り口で止まった。迷い、ためらっている。すがるように万吉やいとの方を見ている。

若親方の万吉、卯七、清二の三人が木賃宿の奥へ消えた。

ややあって叔父が小走りに出てきた。

「お前たち、よく来た」

二人の頭を抱いた。

「御親切にありがとうございました」

叔父は深々と腰を折った。

久三とハルを送り届けた一行は、叔父の営む木賃宿に一夜泊めてもらった。

翌日、木賃宿の前で角兵衛獅子を興行した。

縞の立付け袴、筒袖に長い襷の垂れ、赤い獅子頭をつけた少年少女十二人が並ぶ。もう、それだけで十分に眼を引く。

「ほう」

「かわいいのお」

宿場の旅人が集まってくる。久三とハルが真ん前に座った。

テテン、テレック
卯七が太鼓を叩く。

ピョロロー
清二が笛を吹く。

「さーさ、みなみなさま、越後は月潟の角兵衛獅子でございます」

万吉が口上を述べる。

「先ずは　獅子　勇実の技
獅子の頭は　ぞっくり揃えて
獅子はいきおい　どっと　一度に舞い込む」

「舞い込み」の芸に拍手が起こる。

「差し替えましては『かにの横ばい』」

これがまたみごと。十二匹の蟹が本当に横に這っていくように見える。その速さと形のよさ。観客の輪からため息がもれる。

演技しながら太一・太助も、いとも洪水で流されて死んだ兄妹、家族の顔を思い浮かべていた。久三とハルには兄妹仲良くいつまでも幸せにいてほしいと願った。

一行は、八つの芸を披露した。

投げ銭も多く、久三とハルの叔父からもおひねりが渡された。

そして別れの時が、

「久三、ハル元気でな」

「叔父さんの言うことをよく聞くんだぞ」

万吉やいとが声をかけた。

「さよなら」

兄妹は一行が見えなくなるまで手を振っていた。


中山道上尾宿は、江戸からおよそ十里。日本橋を七つ立ち（午前四時）していれば上尾宿で最初の宿を探すことになる。そのため旅籠が多かった。遊女、飯盛女も多かった。

悲しい話もあった。

遍照寺境内の左手に遊女お玉の墓がある。お玉は越後の貧農の家に生まれ、親を助けようと十一歳のときに上尾宿の妓楼に身を売った。生まれつきの美貌と賢さで評判の遊女となった。やがて参勤交代で上尾に来た加賀前田家の小姓に見染められ江戸へ。だが、病気になり上尾に戻される。それでもなお生家を支えるために懸命に働き続けた。だが、二十歳という若さでこの世を去った。楼主が孝行娘お玉を哀れんで墓を立てたという。

若親方たちは江戸行きで何度か上尾宿を通り、手を合わせたこともあった。獅子の子供たちに見せるべきか否か、意見がわかれた。

「いとの姉は佐渡の遊郭に売られた。ぬいの姉も追分宿の飯盛女になった。お玉の墓に連れて行ったらまた思い出させる」

と若い清二。

卯七は言う。

「世間にはいろんなことがあるということを知るべきなんだ。そうして一人前の角兵衛獅子、大人になっていくだ」

「あまりにもかわいそうだ。なんであの子たちだけがひどい目に遭う。子供には何の罪もない。少しくらいの幸せをやったっていいじゃないか」

清二は顔を真っ赤にしている。

再び卯七。

「じゃ、どうせぇというんだ」

清二も卯七も自分のことを忘れて子供たちのことを思っている。

清二だって父親が誰かも分からない。母親も流行病であっけなく死んだ。卯七だって旅籠屋の前に捨てられた子だった。今もふた親が誰かは知らない。

二人の話を聞いていた万吉にしたって深川の極貧の大工の家からもらわれてきた。さんざん苦労してきた。

万吉は年下の卯七と清二がいとおしかった。苦労しているから人の痛みが分かる。

万吉は、あごに手をやり、長いこと眼を閉じていた。見開いた眼は左右におよいでいたが、ほどなくして、

「二人の考えはよく分かった。どちらもあの子たちのことを思ってのことだ」

万吉は間をおいて言った。

「卯七、あの子たちがもう少し大きくなったらお玉の墓に参り、手を合わせてもらおう。悲しい暗い現実は今あえて見せない方がいいのかもしれない」

卯七はまだ納得がいかないようだった。

世の中の現実を子供たちにどう教え、説明したらよいのか。清二の言った「子供には何の罪もない」、卯七の言った「じゃ、どうせぇというんだ」という言葉が頭の中でぐるぐる回っていた。

角兵衛獅子の子らはこの旅のなかでさまざまな現実を見てきた。貧しさ故に遊郭や旅籠に売られ春をひさぐ、いや、そうさせられている哀れな娘たちがいた。三年の命といわれる金山鉱夫もいた。凶作、飢饉にもかかわらず容赦なく年貢を取り立てられる百姓たちもいた。

何が原因なのだ、どうすればよいのだ！　それを考える旅なのかもしれない。

貧しさや悲しさ、つらさを知らない者には知ることのできない大切なものを子供たちは小さな身体に刻みつつある、と万吉は思った。


越後の角兵衛獅子三組一行は、上尾宿から大宮、浦和、蕨宿を経て板橋宿に着いた。

江戸日本橋までは二里半、中山道第一番目の宿場だ。中山道へ旅立つ人はここから出発し、見送る人もここまで来て別れの盃を酌み交わした。東海道の品川宿、甲州街道の内藤新宿、奥州道中の千住宿とともに江戸四宿の一つといわれた。

上方から上宿、仲宿、平屋宿で、町並は十五町。本陣一、脇本陣二、旅籠も五十四軒、酒楼や茶屋があり飯盛女もおよそ百五十人いるという。石神井川に長さ九間（十六・二メートル）、幅三間（五・四メートル）の板橋がかかっていた。

「おお、見えた。あれだ」

若親方の卯七が指差した。

「何？」

清二が聞く。

「縁切榎だ」

万吉が叫ぶ。

「みんな、江戸だぞ！」

この榎に祈ると男女の縁が切れるという信仰もあったが、ここまでくれば江戸は近いという街道の目印にもなっていた。

歩き疲れた十二人の子供たちもいっせいに榎を見上げる。

「江戸じゃ、江戸じゃ」

「着いた、着いた」

榎の下で一休み。

しばらく歩くと遍照寺。境内が馬つなぎ場となっていた。何十頭もの馬がつながれ、馬市も開かれていた。

江戸といえば、まずは各街道の起点、玄関口の日本橋。橋の長さは四十二間（約七十六メートル）。のぼる人くだる人、来る人帰る人、ひっきりなしに人が通った。一行の足は軽かった。ちなみに日本橋から京の三条大橋まで（東海道五十三次）は、十二日から十五日の旅程だった。

日本橋は「お江戸日本橋七つ立ち」で江戸の中心。五街道の起点とされた。橋のたもとには高札が立てられていた。

日本橋界隈の表通りには商人、雲水、巡礼などの旅人が通った。荷車や辻駕籠もあった。天秤棒をかついだアサリ売りや油売り、飴売り、植木売り、魚売りなど呼び売りの声も響いた。小売りの店では小僧が忙しそうに立ち働いていた。

諸国からさまざまな物産が集まり、後に知られるようになる白木屋や三越、越後屋などの呉服屋大店、小店が軒を連ね、魚河岸あり、歌舞伎や人形浄瑠璃の芝居小屋にも人が集まった。

角兵衛獅子の子供たちは騒然とした江戸の町に眼をむいた。

一行は一日おいて浅草に向かった。

行く手に浅草寺の甍《いらか》が見えてきた。

「奥山」と呼ばれる浅草寺本堂の北西辺りに来た。

子供たちは驚いた。

「うわー」

「こんなにいる」

「おらたちの芸を見てくれるかなあ」

「奥山」は江戸切っての庶民娯楽の場だった。水茶屋が並び、芝居、見世物、独楽回《こま》し、猿芝居、居合抜き、軽業、奇術とさまざまな大道芸人、旅芸人がいた。芸人の名を書いた幟旗が風にはためいていた。

子供たちは不安な眼差しで若親方たちを見た。若親方三人は、うなずいたり、にやにやしたりして、「見ろ」とあごをしゃくった。

軽業芸人が空中に舞い上がった。子供たちの頭上を越えてすっと音もなく地面に降り立った。技は続く。一本竹からの綱渡り、蓮台の上の鯱鉾立ち（逆立ち）。

こちらでは、傀儡《くぐつし》師が首から下げた箱の中から猫のような小動物の人形を出して踊らせていた。

あちらでは、筒の先端から羽をつけたものが飛び出す百発百中の吹き矢の秘術を見せていた。

いずれも隙間なく見物を集め、大きな拍手がわいていた。

万吉が卯七と清二を呼び「奥山」での興業許可を得るために走らせた。

大道芸は途切れることなく続いている。

獅子たちは呆然とし、口を開けて見ている。その場から離れようと背を向ける者もいた。

「さあて、みんな、あのへんでやるぞ」

万吉の声だ。

「ええっ」

ぎょっとしたように、みな後ずさりする。

が、若親方の卯七と清二が後ろで両手を広げて立っている。

「やるんだ、大丈夫だ」

と清二。

「勝負だ、技比べだ」

卯七が言った。

十二人の獅子の子たちは見つめ合う。

「やるしかねえな」

観念したのか太一がふっ切ったように言い、みんなを眺め回した。

小三郎、留吉が顔をあげて支度を始めた。つられてほかの子も二人にならった。

テテン、テケテケ、テン、テンテン
万吉が走るように軽快に太鼓を打ち始めた。

ピーヒャラ、ピョロロー、ピピー
卯七が笛を吹いた。挑戦的な音だった。

「さあさ、みなみなさま」

万吉の口上が「奥山」に響いた。

「越後は月潟村の角兵衛獅子でござーい。とんとご覧くだされ！」

並んだ獅子たちの、縞の立付け袴に筒袖、赤い小さな獅子頭、長く赤い襷が眼をひく。

「所詮《しょせん》子供の芸だろう」

鋳掛屋《いかけや》の男が言い、

「でもさ、あいらしいよ」

隣の占い女が眼を細める。

「なんだか、かわいそう」

という女もいた。

角兵衛獅子は江戸川柳にも度々登場していた。

小言いわれて舞っている角兵衛獅子
うぬが子を江戸へけ落とす角兵衛獅子
角兵衛獅子　ちっぽけな子が骨を折り

境遇を哀れむ句が多かった。

笛、太鼓の音を聞きつけて続々と見物が集まってくる。次第に輪が広がる。

「まだまだ未熟でありますゆえ、下手なところは袖や袂にお隠しあって、お目に留まる芸がございましたら、なにとぞ拍手喝さいのほどお願い致します」

眼の肥えた見物たちが腕を組んで見つめる。

獅子舞の子たちは緊張し、心を張りつめている。見物の話し声も風の音も耳に入らない。

「先ずは獅子、勇みの技！」

太一が構えたが、誰も勇み出ない。

「おい、何をやってる」

卯七が声を抑えていう。

「お前ら」

清二がにらむ。

そのとき万吉が太一に眼で合図した。

太一は懐から小石を取り出しペロリと飲み込むしぐさをした。小石には「人」と書いてあった。その石を手に握って三回振った。すると太一は落ち着き、冷静になった。前に並ぶ見物の一人ひとりの顔も見えるようになった。角兵衛獅子になりたてのころ重三郎親方のおかみさんから教えてもらったおまじないだった。これまでも何回か試み効果は見えていた。

太一はその小石を太助に渡した。太助は兄の通りにやってみた。

「これ回せ」

太助は最年少の春松に渡した。春松も同じ動作でおまじないをした。「人」と書かれたおまじないの小石は小三郎、藤八、富三、留吉、茂七へ、そして、いと、ぬい、するゑ、はなの女子に回った。

「獅子、勇みの技、さっそく取り始めます」

獅子たちは膝をつき、右手を上げ、一礼する。

万吉の口上に、獅子の子たちはきびきびと動き出した。

跳んではね、返す身体はこなたへ、もとへ、向こうよりこなたへ。獅子頭を左右に振り、真っすぐ揃え、一斉にどっと舞い込む。子供ながらにも勇壮で、速く、美しい。

「ほう」

「びっくりだ」

見物は思わずため息をもらす。

「差し替えましては、乱菊でございます」

万吉が口上し、先導する。

「そのままそっくり立ちあいの、あなたより、こなたへと」

獅子たちは、くるりくるりと小気味よく跳ねかえす。

続いて「青海波」の技。

「岩に当てて寄せ来る波、打つ波、立つ波、紀州和歌の浦」

いかにもそのような様を多彩な技で見物たちに想起させる。

「次なる芸は唐人形馬乗り」

ハイ、ハイ、ドウ、ドウ。馬の姿になる技、馬に乗り移る技、馬を引く技。

十二人の獅子の息はぴったり。

(どうよ、よーく見てくれ。親方に叱られながら覚えた技だ。大道芸人に負けるものか)

芸達者な太助は心の中でそう叫んでいた。

だれもが顔を上気させ、誇らしく、楽しそうにさえ見えた。

若親方たちも安心し、うなずき合っていた。

「いや、これは。大人にはできない立派な芸だ」

初め「所詮子供の芸か」と疑わしそうに見ていた鋳掛屋が感服して大きな拍手を送っていた。

隣にいた占い女も歓声をあげ、投げ銭箱にどさっと入れた。ほかの見物からも次々に投げ込まれた。


一行は浅草の外れの安い木賃宿へ向かった。

若親方たちが先に行き、獅子の子たちは少し見物しながら後を追うことになっていた。

獅子たちは「奥山」での芸が評判とあって意気揚々、得意気であり興奮気味でもあった。

にぎやかな通りを過ぎた神社の裏通りで町の女の子たちのわらべ唄が聞こえた。

かごめ　かごめ　籠の中の鳥は
いついつ出やる　夜明けの晩に
鶴と亀と滑った　後ろの正面だあれ

お手玉やままごとをしている女の子たちもいた。

男の子たちは凧揚げや竹馬、独楽《こま》回しをしていた。

同じ年ごろの子供たちが楽しそうに遊んでいる。そこへ角兵衛獅子の子供たちが通りかかった。遊んでいられるなんて、うらやましいと思いつつ、親しみをこめて笑みをおくった。

そのときだった。

「おい、ちょっと待て」

たむろしていた男の子の中の、ガキ大将が立ちふさがった。大柄で不敵な顔をしている。待ち構えていたのだろう。

「聞こえねぇのか」

声を荒げる。

「逆立ちしろよ、上手なんだろ。あそこまで行け」

五間ほど先に立つ悪童仲間を指差した。

獅子たちは無言で通り過ぎようとした。

「銭出すからよぉ、欲しいんだろ」

にやにやと、嫌な奴だ。

「ようよう。ピーヒャラ、ピーヒャラ」

「女の子も逆立ちするんだろ」

いとたちの身体に触れようとする。

「やれよ」

「はよやれっ」

しつこい。

太助の拳がふるえている。

留吉が今にも飛び出さんばかりに肩をいからせている。負けず嫌いで喧嘩っ早い。

太一が二人の肩を押さえる。

「越後の孤児《みなしご》どもが」

太一がいきなり胸倉をつかまれた。

「何をする」

地面に引きずり倒された。

「やめろ」

歯をくいしばり、ぐっとこらえている。

「好きで親がいねんじゃねぇや。みんな一生懸命に稼いで生きているんだ」

叫び、にらみ据える。

相手は十四、十五人。獅子の男の子は、七つの春松を入れて七人だ。だが、多勢に無勢だけでなく、角兵衛獅子は旅先で絶対に喧嘩をしてはならなかった。厳しく言い含められていた。

無抵抗の太一はなおも四、五人に顔面を殴打され、腰や腹を足蹴にされ身体を丸めて呻いた。

全身が痛くて動けない。顔に手をやるとぬるっと血が出ていた。

「あんちゃん」

もう許せねえ！　開いた太助の両足が怒りでふるえている。相手の一人の手に噛みつき、挑みかかった。相手が怯んだすきに留吉も走った。

「やめてー」

「誰かー」

いとが叫ぶ。

若親方たちは先に木賃宿へ行った。ここは神社の裏通り、人通りはない。

「ちくしょう」

爪を噛んで見ていた一番年下の春松がかぶっていた獅子頭を振り回し始めた。

日ごろ稽古で鍛えた足腰、敏捷性、体力には自信はある。とはいえ十五対七、いかんともし難い。悪童たちは太一、太助、留吉、春松、それに止めに入った、いとにまで乱暴を働いた。

残る男子の、普段はおとなしい小三郎、藤八、富三、茂七の四人が眼をいからせて一歩前に出た。

「何さ、大勢で」

腰に手を当てて、ぬいが言った。語尾がふるえている。

遠くで見ていた、するゑ、はなも横に並んだ。

「絶対に手出しはするな！」

痛みをこらえ身体を折り曲げながら太一が叫ぶ。

悪童たちは、その太一にまた殴りかかろうとした。

「やめろよぉ」

一人の少年が走り出てきた。彼らの仲間にも見えるが最初から喧嘩に加わっていなかった。ほっそりとした身体の、眼の澄んだ子だった。

少年は喧嘩双方の間に立った。

「なんだお前、怖いのか」

ガキ大将が嘲笑《あざわら》うように言う。

「………………」

悪童たちはなおも、隙あらば角兵衛獅子たちにつかみかかろうとしている。

「いいかげんにしろよ」

少年は悪童たちをにらみすえた。

「てめえ」

悪童は一斉に今度は少年に襲いかかった。

「何をするんだ」

太一が少年に覆いかぶさった。背中や腰をしこたま蹴られた。それでも逃げずに彼を守った。

まぶたが腫れあがり、鼻と唇から血が流れていた。

角兵衛獅子は全員、手をつないで悪童たちをにらんで立ちつくした。

「な、なんだ、こいつら」

「気味わりいや」

気がつくと悪童たちは一人もいなくなった。

「ありがとな」

太一は、よろよろと少年を立ち上がらせた。

「大丈夫か」

彼は太一を心配げに見つめた。

「仕返しされないか」

太一が聞いた。

「大丈夫だ。俺にも仲間はいる。こっちこそありがとう」

少年は、そう言って去った。

太一は、その場に崩れた。

「太一さん」

いとが太一に抱きついて泣いた。顔の血を拭《ぬぐ》い、塗り薬をつけた。

「あんちゃん」

太助がしゃくり上げると、みんな泣き出した。

「大丈夫だ。道草くった。みんな帰るぞ」

崩れそうな太一の身体を太助と留吉が支えて歩いた。

その晩、若親方万吉は木賃宿の大部屋に全員を集めた。

「太一、がんばったな。それでこそ一人前の角兵衛獅子だ」

そして、みんなの顔を見回して言った。

「月潟村の獅子は喧嘩ではなく、芸を見せ、技で勝負するんだ」

三組合同の最後の日のことは誰の胸にも刻印された。

6　小松の陰

天明九年・寛政元年（一七八九）冬――。

角兵衛獅子は三組合同の巡業を終え、一度月潟村に帰った。その後またそれぞれの組が旅立つことになった。昨日は東、今日は西、流れ流れの旅は続いた。

万吉組は月潟村を出て雪降る村々を回り、重三郎親方のおかみさんの用事で十日町に入った。実家の弟夫婦に届け物と書状を託されたからだった。

十日町は善光寺街道にあり、参拝客の通る道として賑わった。また織物、越後縮で有名になり、小千谷、堀之内とともに縮の三市場として栄えた。

十日町はまた豪雪で知られた。四尺、五尺（三メートル余）、六尺、七尺（四メートル余）積もる年もあった。

ひらひらと舞っていた雪だったが、人の足跡を、家を、枯木を、山々を真っ白に覆った。どこもかしこも雪化粧。飛ぶ鳥の姿も消えた。冬の日暮れは早い。北風がぴいぷう吹き、足もとから寒気が忍びこんできた。

夕七つ（午後四時）万吉たち五人は雪まみれで、おかみさんの実家の板戸を叩いた。

「雪の中、ご苦労だったのう」

四十路の弟は、おかみさんによく似た丸顔で温厚な感じの人だった。

「さ、どうぞ、上がって下され」

女房もにこやかに迎えてくれた。

頭や着物の雪をふり払い万吉たちは百姓家の土間に入った。荒壁に鍬や鋤が立てかけられ、バンドリや蓑笠が吊るされ、鎌や鉈《なた》が置かれていた。

囲炉裏に薪が赤々と燃えていた。獅子の子たちは赤い小さな獅子頭をとり、襷をとって囲炉裏端に手をかざした。自在鉤に吊るされた大鍋がぐつぐつ音を立てていた。

万吉が、おかみさんの用を述べ、書状を手渡した。

「ありがとうござった」

「おかみさんには日ごろ大変お世話になっております。おかみさんは私らのおっかさんです」

万吉はそういうと獅子の子を一人ひとり紹介した。

「こちらから太一・十三歳と九つの太助、兄弟です。次が春松、八つです。そして、いと十二歳です」

「こんな歳端のいかない子が、まあ」

女房は感に堪えないという面持ちだった。

「今夜一晩ごやっかいになります」

万吉が頭を下げると、いとも大人言葉で添えた。

「どうぞよろしゅうにお願いいたします」

「あいよ」

女房は大鍋のふたを取って加減を見た。ぷうんといい香りが鼻をついて流れた。大根と葉、里芋、だんごなどを入れた粮飯だった。

「お代わりあるから、たくさんお食べ」

いとも手伝って椀によそった。

五人はふうふう息を吹きかけながらむさぼるように食べた。たくわんもバリバリと音を立てて噛んだ。飯は何度もよく噛んで食べた。習慣になっていた。すぐに飲み込んでしまえば腹が減るからだった。

囲炉裏の横の納戸から子供が三人顔を出したが恥ずかしそうにひっこめた。夕飯は客の五人が終わった後になるのだろう。

食事の後、白湯を飲みながら一刻ゆるりとした。

囲炉裏の後ろには夜なべ用の藁があった。冬の夜は、藁を叩き、縄をない、草履や草鞋、俵をつくり、筵を編むのだ。

土間には二匹の犬がうずくまって体を温め合っていた。

外にはしんしんと音もなく雪が降っていた。

家族に食事をさせた女房が囲炉裏に来て座り、薪を絶やさないように見てくれていた。

そして、こんな噺をしてくれた。

「里の村に貧乏な百姓がおったと。

ある冬の寒い夜のことだった、みすぼらしい一人の旅の人がきて一晩泊めてくれと言うのじゃ。ほかの家も廻ったがみな断られたという。

気の毒に思って囲炉裏端に招いて温まってもらったのさ。旅の人は腹が減っていたのか、今にも倒れそうだった。けれども食べさせるものが何もない。自分たちも食べていなかったのさ。けれどこのままだと旅の人は飢えて死ぬかもしれない。百姓は困り果てた。どうしたものか。思案の末、『ちょっと待っていて下され』と言って外へ出て行った。ほどなくして雪まみれになって戻って来た。大根を一本手にしていたのじゃ。大金持ちの家から盗んできた大根だった。

盗んできた家への往復、雪の上に百姓の足跡がくっきり残った。犯人と疑われることを覚悟のうえだった。盗人と言われても旅の人の命を助けたかったのじゃ。そしたらのう、その晩に近ごろにない大雪が降って百姓の残した足跡がみな消えてしもうたんだと」

「よかった」

初めは心配そうにドキドキしながら聞いていた獅子の子たちは眼を輝かせて口々に言った。

もう一つ、話してくれた。

「あるところに重い病で死の瀬戸際にある百姓娘がおった。父親は何とか元気になってほしいと願った。けれども食べさせるものがない。父親は思いあまって地主の家に入り込み、米一升とあずき一升を盗んできたのじゃ。自分の命より娘の命をと、覚悟の上だった。父親は捕らえられて死罪になったと。悲しいのう。でも、なんと偉いお百姓だぞい」

女房は話し終えた。

月潟の大洪水で両親と家族を流された太一・太助兄弟、同じく大洪水で姉を残して家族全員を失った、いと。三人は両親がなつかしく思い出されて胸がこみあげてきた。うちの父さん母さんだって生きていれば、きっと命をかけて自分を守ってくれると思った。

春松だけは少し違っていた。春松の父は大酒飲み、母は男をつくって出て行った。

「そんな子供思いの親なんかいるもんか」

そう言って雪まじりの隙間風が忍びこむ部屋の隅に行って涙をふいていた。

万吉が春松を抱え込むようにして囲炉裏端に寝かせ、むしろ布団をかけてやった。

まもなくみんなの軽いいびきが聞こえた。

翌日、万吉組一行は越後の海岸線を南下し、糸魚川に向かった。糸魚川から信濃路を経て岡崎に行き、重三郎親方の用を足すためだった。

長い道のりだったが、雪のない天気のいい日は繁華な町で見物を集めて稼ぎ、門付けもしながら旅を続けた。

日本海に注ぐ姫川河口の東に位置する糸魚川は北国街道と千国街道の結節点で商業の盛んな賑やかな町だった。塩や海産物を扱う店、米屋、雑貨屋、茶屋などが並んでいた。

糸魚川から千国街道へ出て、いくつもの峠を越え二十九里八町の里程を松本へ向かった。

千国街道は「塩の道」と呼ばれた。海のない信州人にとっては命の綱ともいえる要路だった。かつて越後の上杉謙信が甲州の武田信玄に塩を贈った「義塩」の故事に出てくる古道だった。

糸魚川から「上り荷」としてボッカ（歩荷）や牛で塩や鰤《ぶり》、海産物などの荷物を運んだ。信州からは「下り荷」として麻やたばこ、大豆、綿などを運んだ。

冬ともなれば雪で牛も通れないためボッカが直接背負って運んだ。

万吉と四人の獅子の子たちは深い谷合いの雪道を進んだ。八つの春松には辛い道で、滑ったり転んだりしながら歩いた。今にも泣きそうな顔だった。

地蔵峠を越えた辺りでボッカの一団七人が休んでいた。

「ご苦労さんです」

万吉が声をかけた。

ボッカたちは、背負子の荷物にカンジキを結び、手には荷杖棒《にじんぼう》を持った。この杖には先端に鉄の氷斧がつけてあり、凍った雪面を削りながら足場を確保した。腰には熊よけ用の鈴をつけていた。

万吉たちもしばし休憩をとった。

万吉はボッカたちの装備を見て、自分たちの合羽や木綿着、脛巾《はばき》などの出で立ちが、いささか心配にはなった。

「重そうな荷で……」

万吉が、キセルをふかしていた四十路の男に聞く。

「ああ、一人塩一俵てとこかな。雪のないころの牛方さんは一頭の牛に二俵つけ、六頭を追う人もいるよ」

「ほう、そうですか」

ボッカは街道筋の百姓がほとんどで、働けるのは十五歳から五十歳ころまでだという。

「日にちはどのくらいかかるんですか」

「そうだな、塩は糸井川から大町まで五日から六日で運び、生魚や塩魚は一日売り、二日売り、三日売りがある」

「一日売りと言いますと」

「うん、糸井川を夕七つに出て翌夕方には大町、松本へは翌々朝には着くだよ」

子供たちも二人の話を興味深そうに聞いていた。

谷合いを渡ってくる風は寒気をおび、冷たく頰に当たった。

「寒い、寒い」

子供たちは、じっとしていられず足踏みしたり、身体をさすり合ったりしていた。

「ではまあ、お先に」

ボッカの一団は先を急いだ。

ほどなくして角兵衛獅子一行も出発した。

遠くに雪をかぶった白馬三山が見えた。山は眠っているように見えた。

千国番所前を通り、牛の手綱を結ぶ牛つなぎ石を横眼で見、牛や牛方がのどをうるおした弘法の清水を通過した。山路のところどころに石仏群があった。いとは必ず手を合わせ、眼を閉じた。

「さあ、あと一息だ」

今夜一泊する牛方宿をめざした。

どのくらい歩いたのだろう。

行く手に萱葺きの牛方宿が見えてきた。後方に塩倉や土蔵が建っていた。

牛方宿とは、牛方と呼ばれる荷運び人が牛と一つ屋根の下に寝泊まりできる宿である。

母屋の入り口を入ると広い土間があった。左手に馬屋があり右手に土間の上の中二階が見えた。土間の向こうは間口六間、奥行き十間。囲炉裏のある茶の間、客間、家族部屋、台所などがあった。柱の太さや本数、仕組みなども立派だった。ボッカや牛方以外の一般旅人も泊まった。

冬季とあって、さすがに客は少なかった。万吉と子供たちは、そっと上がって中を見せてもらった。

「よおっ」

茶の間の囲炉裏の周りで、途中で会ったボッカの一団が食事をとっていた。炉端の頭上の木枠は濡れ物の乾燥に使われていた。囲炉裏には赤々と火が燃えていた。

「さ、角兵衛獅子さんも暖まれ」

来る途中で万吉と話していた男が手招きした。

子供たちは獅子頭、襷、脛巾などを脱いで囲炉裏端で暖をとった。

粮飯とたくわん、野沢菜だけの夕飯に箸を動かした。

「どこまで行きなさる」

「はい、塩尻へ出て岡崎へ向かいます」

「そうですかい。子供たちを連れて大変だのう。そこの小さい男の子」

春松のことだ。

「冬の道中はきつかろう」

もじもじしている。

「まだ八つでして」

万吉が春松を見やる。

春松が座りなおして言う。

「兄さん、姉さん（年上の獅子）がいるから平気」

「うちの子に比べ本当に偉い」

男は感心して春松の頭をなでた。

明日は早い。

ボッカの一団は別の部屋で寝るのだろう。

万吉たちは寝部屋に移動した。

「ええ」

「ここで！」

「牛と一緒に」

太一も太助も春松も、いとも驚きの声を上げた。

そこは梯子を上った土間の上の屋根裏で、向かい下には仕切られた馬屋が見えた。牛方はこの屋根裏で牛の様子をみながら寝泊まりするのだという。

今は冬場で牛方はいないが、牛方宿が飼う二頭の牛が、ません棒につながれていた。

太一は生き物が好きだ。中二階を下りて牛をじっと見ていたが、やがて恐る恐る近づき、ません棒越しに牛の頭をなでてやった。

「モー、ベェー！」

いきなり鳴かれて後ろへ飛んだ。

「ハハハ」

万吉が笑った。

太一は、そろそろともう一度牛の頭にさわろうとしたが、またもやグイッと拒まれた。

「おもしれえ」

みんなも腹をかかえて笑った。

中二階で寝る太一の耳に、牛の餌を食べる音、水を飲む音、いばり（尿）をする音が聞こえた。

太一は夢を見た。黒牛の手綱をとり、田んぼを歩かせていた。田植え前の代掻き作業だ。よく働く牛だった。だが、あの月潟村の大洪水でべェべェ鳴きながら流された。太一は夢から覚めた。もし夢の続きが見られるなら死んだ父母や家族との楽しい日々を夢に見たかった。

万吉組一行は松本宿へ向かった。

松本宿は千国街道や中山道、伊那街道から馬や牛による物資の輸送で日本海から太平洋への広域交易の結節点として栄えた。山国信州最大の人口だった。梓川の白鷺が寒そうだった。はるかむこうに常念岳が秀麗な姿を見せていた。

賑わう宿場を横目にカラ松林を抜け塩尻宿へ急いだ。

塩尻峠は比較的穏やかな峠で、千国街道のいくつもの急坂峠を越えてきた角兵衛獅子たちは元気に歩き続けた。

塩尻峠は太平洋側と日本海側の分水嶺。

「わー、きれい」

いとが眼を上げて叫んだ。

晴れ渡ったこの日、山々がよく見えた。

「ほほう、よく見える」

後ろからきた商人風の男が言った。

「何という山ですか」

いとの問いに男が答えてくれた。

「あれが八ヶ岳、こっちが霧ヶ峰。ほう今日は富士山も見える」

塩尻宿は塩街道の終着、〝塩街道の尻〟（塩尻）、中山道三十番目の宿場だった。

番所が置かれ米穀、塩、材木などを取り締まっていた。町並は東西七町（約八百メートル）、問屋場、本陣と脇本陣、旅籠も七十五軒あった。

香ばしい匂いがしてきた。子供たちは鼻をぴくつかせた。匂いは茶屋から流れてきた。軒先に「だんご　五平餅」と書かれた暖簾《のれん》が風に揺れていた。

子供たちは茶屋の店先で足を止め、動こうとはしない。太一が背中を押して歩かせようとするが、食いしん坊の太助が指をくわえて離れようとしない。旅人がニヤニヤしながら通り過ぎる。

先を行く万吉が振り返って苦笑している。

「まったく、しようがねえ」

と腰掛台に座らせ、奥のおかみに注文した。

「やった！」

みんな手を叩いて喜んでいる。

ごま味のだんごと五平餅。五平餅は味噌味やごまだれで焼き目がなんとも香ばしかった。山《さん》椒《しょう》だれや醬油の味付けもあった。食べ終わった後の一杯の白湯がおいしかった。

満足げな子供たちの顔。万吉がまた苦笑していた。

四半刻ほど休んだ。

テテン、テンツク、テン
テレック、テンスケ、テンテン
万吉の打つ太鼓で宿場や旅人が集まってきた。

「越後は月潟村の角兵衛獅子でござーい」

小さな獅子頭、赤い頭巾に襷、縞の袴。眼を引く獅子舞の可憐な姿。

「まずはみなさん、『蟹の横ばい』をごらんあれ」

一斉に後方へ身をたゆめて四つんばいになり、手と足互いに横に運び左右に移動する。

「ほう、蟹そっくりだ」

驚きの声が上がる。

「さてつぎなる技は、『俵転し』の早技」

速い速い。見物の眼はついていけない。

「差し替えましては、『人馬』……」

仰向けに反って手のひらを地面につき、身体は弓のようにしなった。一人の肩にもう一人が飛び乗った。長身の大男に見えた。

続けて五つの芸をこなした。

笛の音で踊らされ逆立ちしたとき眼にした山々に雪がかぶっていた。

(弥彦山も銀色に輝いているかしら)

いとは月潟村から見えた風景を脳裏に浮かべた。

(おにぎりを持って姉さんたちと登ったっけ)

佐渡の遊郭に売られた姉ちよのことを思って涙ぐんだ。

人垣の一番前に座ってじっとみている男の子がいた。太助らと同じ年ごろに見えた。着物も薄汚れ、髪も伸びていた。背中に色あせた風呂敷包みをくくりつけていた。

「角兵衛獅子、これにて打ち止め」

男の子は立ち上がろうとはせず、帰ろうともしなかった。

万吉一行は気になったが歩き出した。

塩尻宿を出て三州街道に入り、足助宿をめざした。重三郎親方の用で訪ねる岡崎はまだまだ先である。

塩尻宿を出て半刻後、街道筋から山道に入った。

「あれっ」

太一が振り返って言った。

遠くについてくる男の子の姿があった。手足がひょろりと長い。

一行が足を止めると男の子も止まった。何度か立ち止まっては歩き、歩いては止まった。

「どうしたのかしら」

いとが首をかしげる。

峠にさしかかり、一休みすることにした。

男の子も距離を縮めて立ち止まった。

日が落ち始めていた。

「急ぐぞ」

万吉の合図でみな立ち上がり、早い足取りで先を急いだ。

すると、

「待ってくれよお」

男の子が追っかけてきた。

「どこへ行くんだ」

待っていた万吉が言った。

「おいら行くとこなんかないんだ」

そう言うと泣きじゃくった。

「どうしたものか」

万吉は太一と、いとを呼んだ。

「ずっとついてくるよ、きっと」

「一人で心細いんだよ」

二人は万吉の顔を見る。

万吉は腕を組み、宙を見つめる。思案するときの万吉のクセだ。

太助と春松もきて、

「かわいそうだよ」

春松は一人でさまよい歩いたことを思い出していた。

「お願いだ、連れて行ってくれよ」

男の子は万吉の腕にとりすがった。

「うーん」

「おらも角兵衛獅子になりたいんだ」

今度はいとにしがみついてきた。

その眼が真剣だった。かなえられるまでテコでも動かない様子だった。

「おらは……」

言わずもがなに話し出した。

年は春松と同じ八つで名前は茂太。母親は茂太を産んだあと産後の肥立ちが悪くて死んだ。父親は樵《きこり》だった、といっても小作の田畑仕事をやりながらのこと。それもこの夏に入った山で斧を使って木を切っていたが、運悪く切り倒した大木の下になって命を落とした。一人になった茂太を世話する人も引き取る人もいなかった。

茂太の話を聞きながら万吉は考えていた。

獅子の子の多くは親を亡くした孤児だった。重三郎親方が養子として育て、芸をしこんだ。

万吉はその重三郎親方に言われていた。

「旅先で一人ぼっちになったいい子がいたら連れてこい。お前にすべて任せる」

万吉は茂太を月潟に連れて帰ることにした。

「茂太といったな、一緒にこい。辛いこともあるがいいか」

「おじさん、ありがとう」

ぺこりと頭を下げた茂太の眼はみるみる明るくなった。

「おらはもう一人じゃない」

飛び跳ねて喜んだ。

「よかったな」

みんなが取り囲んだ。

こうして茂太は角兵衛獅子の一員になった。

その夜、夢を見た。

せっかく角兵衛獅子と一緒になれたのに、朝起きたら誰もいなくなっていた。きっと置いて行かれたのだ。みんながどこへ行ったのか宿の人に聞いても分からない。大体どこの宿場のどこの宿に泊まったのかも思い出せない。ふと見ると着物がない、履物もない、巾着もない。一体どういうことだ。角兵衛獅子は、まだその辺にいるかもしれない。宿場の街道を何回も行ったり来たりして旅籠や木賃宿をのぞく。が、それらしき姿はどこにも見つからない。木枯しが空を吹きわたっていた。置いていかないでよー。ああ、また一人ぼっちになってしまった。

茂太は、うんうん、夢にうなされ、汗をかいた。

「どうした茂太」

隣に寝ていた太一が身体をゆすった。

「夢か」

安堵の表情だった。

翌朝の初稽古に茂太は元気な顔を見せた。


早朝から三州街道を足助宿に向かって歩き続けていた。

何刻たったのだろう。ようやく冬空にも陽が射し始めて身体が温かくなってきた。思うように歩が進んだ。

一員になった茂太は、うれしくてしようがなかった。万吉を追い抜いて先頭に立った。足どりも軽く、すいすい歩いている。

「おい、足元に気をつけろ」

五間先に行って手を振っている。

「元気なやつだな」

太一が言う。

それに比べ弟の太助の足が鈍い。いつもと違う。最後尾を歩き、遅れるばかりだ。見ると足がよろよろもたついている。

「おかしいな」

戻って太助に近寄る。

苦しそうな息づかいが聞こえる。

「どうした」

「腹が痛ぇ、眼が回る」

弱々しい声でそう言うとその場につんのめるようにして崩れ落ちた。足助宿の手前、四半里ほどの地点だった。

頭を突き抜けるような痛みも走った。眼はうつろ、顔面はそう白だった。

「太助ちゃん」

いとが、かけよって抱き起こし、額に手を当てた。火のような熱だ。

「大変よ」

いとが万吉を見上げる。

太助はもう歩けない。万吉が背負って足助宿の木賃宿へと急いだ。背中の太助の身体は熱かった。そしてぐったりと重かった。それでも万吉は走るように懸命に歩いた。汗が噴き出た。

「お願いします」

万吉が飛びこむように板戸を開けた。運よく六人が泊まれる角部屋があった。

すぐさま火の燃える囲炉裏端に太助を寝かせた。莫蓙《ござ》布団を二枚かけ、隙間風が入らないように隅々を押した。

「寒いよ、寒いよ」

　太助はぶるぶる震えた。

　いとは宿のおかみさんに訳を話し、小桶に水を汲んできた。手拭いを水に浸し、しぼっては額に当てた。手拭いはすぐに熱くなった。

　獅子の子たちも周りで心配そうに見ている。

　いとが道中用の薬袋から腹痛に効くという「熊胆《くまのい》」を取り出して飲ませてやった。

「薬は水を二口ほどゆっくり飲んでから残りの水と一緒に一息に飲むのよ」

　いとはこういうことをよく知っていた。

　食当たりに効く越後の「毒消丸」や「赤玉」、「反魂丹《はんごんたん》」、気つけによいといわれる「延齢丹《えんれいたん》」などを万吉から預かっていた。

「熊胆」を飲ませてもすぐには効くわけもない。

「大丈夫よ、大丈夫よ」

　何度も何度も額の手拭いを替えてやった。

　簡単な夕飯をとり、寝られる者はともかく横になることにした。狭くて窮屈《きゅうくつ》だったが、まるまって眠った。

「かあちゃん」

　太助は熱にうなされ、もうろうとし、うわごとを口走った。水を飲むのもやっとの様子だった。

いとは太助の横に座り、手拭いを替え、莫蓙布団の隅を押さえ、夜通し看病し、見守った。

「おいとちゃん、少し横になったら」

眼を覚ました太一が労《ねぎら》う。

「平気よ」

いとは、微笑む。

洪水で妹を失った太一は、重三郎親方に育てられ、いととも一つ屋根の下で暮らしてきた。いとをずっと妹のように思ってきた。いともまた太一を兄のように慕い、幼心に大きくなったら太一のお嫁さんにと思ってきた。二人とも子どもではなかったが、まだ大人でもなかった。いとは、しっかり者でやさしい。ふと見せる表情が大人の女のようでもあった。太一の胸はどきどきして、顔が熱くなるのだった。

翌朝。

太助の熱は下がっていた。恐れていた疱瘡《ほうそう》ではなかった。

「よかったねえ、太助ちゃん」

いとの眼は安堵と疲れとで真っ赤だった。

みんなも太助の顔をのぞき込んだ。

「ありがとう、おいと姉ちゃん」

太助が口を開いた。

このころ抵抗力のない子どもに疱瘡や麻疹、赤痢などが流行っていた。感染力はすさまじかった。多くの子どもが激しい高熱を出し、悶え苦しみながら死んでいった。大八車に乗せられ次々に火葬された。

長い道中は水も食事も日々変わり、病気になることが多く、死と隣り合わせだった。もともと七、八歳から十二、十三歳の子供が長旅をすることは並大抵のことではなかった。生死の不安は常につきまとい、水盃を交わして門出したほどだった。

若親方たちは「死去いたし候は此方江御届に及ばず。お慈悲をもって其処の作法通りに葬って下さい」という札をふところに月潟村を出た。

角兵衛獅子どこで死んだかげせぬなり

そんな川柳もあった。

だが重三郎親方は旅の途上で万が一病に倒れても、できるだけ手厚く葬ってやるよう若親方たちには口酸っぱく話していた。

太助が元気になって万吉は胸をなで下ろした。医者を呼ばずに済んだ。同時に、いとの看病に頭が下がる思いだった。

足助宿は岡崎、名古屋を通じて生活物資を運ぶ中継地。三河湾でとれた塩は川舟で上り、足助の塩問屋に運ばれ「足助塩」として信州方面へ送られた。

一行は連子格子の多い町並を見ながら足助街道を岡崎宿に向かった。重三郎親方の知人に会うためだった。太助の具合がまだ心配だったが、岡崎宿までは近かった。

徳川家康は岡崎城内で生まれた。岡崎宿は東海道三十八番目の宿場で、水陸港運の要地だった。本陣三軒、脇本陣三軒、問屋が四軒、旅籠も多く、東海道では繁盛第一ともいわれた。早打ち（馬）や飛脚などが夜でも往来していた。色、風味の濃い八丁味噌でも知られた。

江戸以来の賑やかさに獅子たちは驚き、きょろきょろと物珍しそうに町並を歩いた。

重三郎親方の知人の店はすぐに見つかった。

「月潟村の重三郎の使いで参りました」

万吉が訪いをいれ、入り口の戸を引く。

中は小間物屋だった。狭い小体な店だが白粉や簪、笄、櫛、髪油、元結、鬢出しなどが並べられていた。絞り模様の紅、黄、桃色の鮮やかな色が眼に入った。

「お待ち下され、ただいま」

長羽織を着た五十路を過ぎた男が出て来た。にこやかに迎えてくれた。

「重三郎さんからは書状をいただいていますよ。どうぞ中へ」

奥の部屋へ通された。

「よく来てくれましたなあ」

万吉が長い道中しっかりと腹に巻きつけてきた財布を、その男仙吉の前に差し出し、深々と辞儀をして座を下った。

「くれぐれもよろしくとのことでした」

「律義な方だ、いいと言ったのに」

三年前に妻を病で亡くしたという。

仙吉と重三郎親方との出会いはこうだった。

若いころのことだ。重三郎が江戸で用を済ませて帰る日だった。内藤新宿の人混みのなかでふと死んだ母親の面影によく似た人を見た。しばらく見とれていた。そのとき身体ごとぶつかってくる者がいた。なんだか懐にすっと風が入ったような妙な感覚を覚えた。懐を探ると財布がなかった。

「やられた！」

話には聞いていたが、まさか自分が……。スリの仕業だと気づいた。

江戸から月潟村までは遠い。財布を盗られ愕然とし、呆然とし、泣きたくなった。どうしよう。途方にくれ人混みの路上の片隅に座り込んだ。さまざまな人が通り過ぎて行った。露天売りの小間物屋も通った。二刻、三刻、刻は過ぎてゆくばかりだった。膝を抱き、うなだれ、哀れな姿だった。

「どうなされた」

声がした。

先刻通り過ぎて行った小間物屋が立ち止まった。

地獄に仏。重三郎は、かくかくしかじかと事の顚末《てんまつ》を話した。

「そうでしたか、ひとまず家にきなされ」

仙吉は重三郎を、まだ始めたばかりの猫の額ほどの小間物屋に連れて行った。所帯をもったばかりで女房も快く迎え入れ、食事の支度をしてくれた。

仙吉は見ず知らずの男に月潟村までの道中費用を貸してくれるという。しかし、それではあまりにも申し訳が立たない。何日かここで働かせてくれまいかと申し出た。そんな必要はないという。そんな良い事ずくめの話があっていいのだろうか。重三郎はスリの手から免れた小巾着の中に大事にしてきた物があることを思い出した。

「旦那、お笑い下さい。これを形《かた》にして下さい」

重三郎が取り出したのは母の形見の指抜きだった。母が自分でこしらえた赤い革製のもので、もう色あせてボロボロになっていた。

「母が、父と五人の子供の着物を縫い、継ぎ当てをしてきたものです。何の価値もないかも知れません。でも私にとっては宝物です」

じっと聞いていた仙吉も女房もその指抜きを手に取りまぶたを熱くした。

「わかりました。その宝を大事にお預かりしましょう」

重三郎はその人情に涙をこぼした。

話し終えた仙吉は、そのとき預かった重三郎の母の形見の指抜きを万吉に渡した。万吉は獅子の子たちにも回して触らせた。いとは、いとおしそうに、しばらく離さなかった。

７　花の盛り

そして、また花が咲き、散り、三つの春夏秋冬が過ぎた。

寛政四（一七九二）年春――。

月潟村の重三郎親方配下の角兵衛獅子は三組合同の旅を続けていた。奥州街道に入り、城下町、宿場、村々を巡業し、さらに海を渡って蝦夷《えぞ》島をめざすというこれまでにない長旅で、無謀な旅程とも思えた。だが、獅子たちが体力をつけ、技もみがき、経験を積み、成長したことが重三郎親方に蝦夷行きを決断させた理由だった。

「決して無理をしちゃなんねえ。何事も合議で決めるようにしろ」

重三郎親方は若親方三人を前にして言った。

旅道中は何が起こるか分からない。重三郎親方は総勢十六人の角兵衛獅子と水盃を交わして送り出した。

誰もがみな年を重ねた。

若親方万吉組＝万吉・二十三歳、太一・若親方見習いの十五歳、太助・十一歳、春松・十歳、いと・十四歳。そして三年前に塩尻宿で角兵衛獅子の仲間に入れてもらった茂太も十歳になっていた。

卯七組＝卯七・二十二歳、小三郎・十二歳、藤八・十一歳、富三・十一歳、ぬい・十二歳。

清二組＝清二・二十一歳、留吉・十三歳、茂七・十二歳、するゑ・十三歳、はな・十一歳。

獅子たちは身体に勢いのある年ごろで自信をもっていた。

三組一行十六人は、月潟を出て三国街道を長岡、塩沢宿へと向かった。三国街道は、かつて上杉謙信が関東遠征で通った街道だった。

三国峠は越後と上州の国境にあり、冬は豪雪で難所だった。だが、今は春。やわらかい陽がふりそそいでいた。雪解けの水音が聞こえ、山々の木々の葉が萌黄色に芽吹き、青空に早咲きのヤマザクラが映えていた。

途中一泊し、塩沢宿から会津若松に抜け奥州街道の白河宿へ進路をとった。

久しぶりの三組合同の巡業の旅とあって道中は賑やかだ。

若親方の万吉、卯七、清二が先頭を行く。時々額を集めるようにして旅の日程や天候、宿、獅子たちの体調などを話しながら歩いている。

男の子たちはくっついたり離れたり、わいわい騒ぎながら行く。笑い声も聞こえてくる。中心に太一がいる。いとたち女の子はその後ろを歩き、男の子たちの衣食、怪我などについて心配顔で話している。

「白河だ」

万吉の声だ。

あちこちから人の声が聞こえ、馬のいななきが聞こえる。商人風の男、ぼてふり、薬売りが忙しそうに通る。

頭に赤い小さな獅子頭、筒袖に襷、縞の立付け袴姿の角兵衛獅子の一団は旅人たちの眼を引いた。

白河宿は奥州の玄関口として栄えた城下町。武家屋敷や寺院の甍が連なっていた。本陣、脇本陣、問屋もあり、旅籠も多かった。宿場の外れに阿武隈川が流れ、渡船場が見えた。

角兵衛獅子一行は白河宿の旅籠前でひと踊りした後、須賀川宿、郡山宿へと向かい、福島宿へ着いた。北南町の町裏にある馬頭観音場では馬市が開かれていた。

福島宿に入って間もなく清二組のはなが歩けなくなった。足には自信があると言っていた気丈な、はなには珍しいことだった。

街道脇に座り込んで足指をさすっている。

「痛っ！」

顔をしかめる。

先へ行っていた、いと、するゑ、ぬいが戻る。

いとが草鞋をそっと脱がせる。

足裏は腫れ、指にはマメができ、水膨《ぶく》れがつぶれていた。

「ちょっと待ってて」

するゑが腰からすばやく薬袋を外し、塗り薬を塗ってやる。

「草鞋の紐《ひも》が少しきつ過ぎるかな」

「そうね」

「時々草履の紐を解いて足の熱を冷まして歩くといいよ」

女の子たちは、そういうことをよく知っている。

「ありがとう」

はなの表情に安堵が広がる。

手拭いに竹筒の水をかけ、足裏を冷やしたりした。

四半刻ほど休み、やがて、そろそろと足を動かした。

「ほれ、つかまれ」

留吉と茂七が左右から、はなの肩下に手を入れて支えた。

女の子たちが、はなを囲むようにして一緒に歩く。

「次の宿場までなんとか行けるか」

清二が聞く。

「大丈夫」

はなは、我慢強い。きっぱりと言う。

山里に春がどっと押し寄せてきていた。サクラにコブシ、桃の花、若芽を巻くコゴミやゼンマイ、ワラビ。はなにも痛みを忘れ、花を楽しむ余裕が出てきた。

次の宿場は桑折宿《こおりしゅく》。奥州街道と羽州街道の分岐点。福島からはわりと近い。田畑が広がり、百姓家が点在している街道を、はなは歩き通した。

宿場に入ると町並が続き、旅人や駄馬を引く馬子の姿も見られた。遠くに屛風のような半田山が見える。その山裾に坑道を開いてできたのが幕府直轄の半田銀山だった。佐渡の相川、但馬の生野とともに三大銀山に数えられた。宿場には人の往来が絶えない。

町並の外れに男の子がいた。

「おじさん、一文恵んでよ」

八つぐらいか。顔は真っ黒だ。

「腹が減って動けない」

ふらふらと寄ってきて若親方清二の袖を引いた。

立っているのがやっとという様子だった。

「どうしたんだい」

男の子は泣き出した。

「母ちゃんが、母ちゃんが」

聞けば奥州は青森の生まれだという。母親と二人で江戸葛飾に働きに出た父親に会いに旅してきたが、賑やかな宿場の往来ではぐれてしまったという。捜し歩いたが行き会えず、心細く不安で、銭もなく途方にくれていた。そこへ角兵衛獅子の一団が通ったのだった。

「いいか、動かないことだ。待っているんだ。きっとお母さんが戻ってくる」

清二がそう言って励ました。

「ちょっと来てくれ」

清二は留吉を呼び、宿場の中ほどにあった茶屋へ走らせ焼き餅を三つ買ってこさせた。すると呼び、幾ばくかの銭の包みと焼き餅を男の子に渡してくるように言った。

「これ食べなって」

「ありがとう、おじさん」

男の子は清二の方を見てぺこりとお辞儀をした。

焼き餅にむしゃぶりついた。が、あまりにも急いでのどに通らず咳込んだ。するゑが水の入った竹筒を手に取らせた。

その様子をじっと見ている子がいた。茂太だった。

三年前、両親を失って放浪していたとき塩尻宿で角兵衛獅子たちに助けられ、その一員に入れてもらった。あのときの、うれしさ、ありがたさ。恩は一生忘れまいと子供心にも思ったものだった。

「じゃな」

置いて行くのは心残りだったが、角兵衛獅子一行は先へ行くことにした。

「元気でな」

子供たちが手を振っている。

男の子は追いかけてきた。五間ほど来て、いったん立ち止まった。が、また追ってきた。そして五間ほど来てまた立ち止まった。こちらをじっと見ている。また歩いてきそうだ。

たまらず茂太が駆け戻り、男の子の前に立った。

「ばか、もう来るな」

その子が、しくしく泣いた。

「必ず会えるから。母ちゃんを大事にするんだぞ」

会えなかったら誰かに頼んでここへ手紙を書いてもらいな、と月潟村の重三郎親方の所番地を記した紙片を懐に入れてやった。

「お兄ちゃん、もう少し一緒にいてよ」

男の子は懇願した。寂しそうだった。

「そうもいかないんだよ」

茂太は男の子の尻をパンと叩くときびすを返した。


一行は二泊後、仙台宿に到着した。

仙台宿は慶長六（一六〇一）年伊達政宗の仙台城築城と並行して建設された。戸数一万八千、人口約五万二千人の大きな宿場。東北の要衝として栄えてきた。城下の中心は大町通りと芭蕉の辻だった。大町通りには近江商人が大店を構えていた。

武士、天秤棒を担いだぼてふり、職人、町人、僧侶、旅芸人……。さまざまな人々が行きかっていた。

「へーえ」

「賑やかだな」

獅子たちの声が飛び交う。

季節は春。霞《かすみ》の向こうに青葉城とも呼ばれる仙台城が見え、美しい瀬音の広瀬川が流れていた。

この広瀬川で元和十（一六二四）年、ポルトガルから渡ってきたカリヴァリヨ神父が拷問の末に六人の信者とともに殉死した。前年、奥羽山脈で布教中に捕らえられ仙台に護送されたのだった。だが、そのことを知る者はいなかった。厳しい切支丹《キリシタン》禁令が続いていた。

「越後は月潟村の角兵衛獅子の始まり、始まりぃー」

大町通りに万吉の声が響いた。

さあ、ここでひと稼ぎ。

ピョロロォー、ピーヒャラ
笛を吹くのは卯七。

テテン、テレック、テンスケ、テン
太鼓を打つのは清二。

小さな赤い獅子頭、筒袖に長い襷の垂れ、縞の小倉の立付け袴姿の十三人が一列に並び、一礼する。

もう人垣ができている。後ろから背伸びして見ている者もいる。

「まずは『舞い込み』の技といきましょう」

万吉の口上が始まる。

「獅子、勇みの技。獅子の頭はぞっくり揃えて獅子はいきおい、どっと一度に舞い込む」

テケテケ、テンテン。太鼓の音が入る。

「跳んではねましょう
返す身体は、こなたへもとへ」

見物は、口上を耳で聞き、それに合わせて演技する眼の前の獅子たちに見とれる。跳んだり、はねたり、返ったり。その身体の柔軟さ、速さに見入っている。

獅子たちも観客の視線を意識しながら胸を張って演技した。

「軽業とも違うようだな」

「しかも子供だ」

「よくもまあ、ここまで」

偶然に通りかかって覗いた二人の武士が感嘆していた。

「さて差し替えましては『青海波』。

岩に当たりて、寄せ来る波。うつ波、立つ波。

紀州和歌の浦、青海波」

獅子たちの舞が、本当に寄せる波、うつ波、立つ波に見えるから不思議だ。波の音まで聞こえてきそうだった。

だが太一・太助兄弟もいとも藤八も、実は最初この芸には、どうしても馴染めなかった。三人とも洪水で家族を流されたからだった。その恐怖や悔しさは消すことはできなかった。

(水は怖い。波は暴れる。きれいなものじゃない)

太一はいつまでたっても、そう思ってしまうのだった。

「角兵衛獅子は、これをもちまして打ち止め」まで幾つもの芸を見せた。投げ銭も小ザルにいっぱいたまっていた。

春の宵は、ゆっくりと暮れていった。

一行十六人は、少々銭がかかったが木賃宿の大部屋に宿泊した。

思わぬことが起きるのが旅である。

翌朝のことだ。

「藤八、藤八！」

同じ卯七組のぬいが叫んだ。

「どうした？　騒がしいな」

卯七も起きてきた。

「藤八がいません」

「ええっ」

藤八の茣蓙《ござ》布団を見るとも抜けのからだった。

「知らない町だ。それにのろまの藤八のことだ。そう遠くは行くまい」

卯七がみんなを集めた。まだ寝ぼけ眼の子もいる。

万吉、清二もやってきた。

「手分けして捜せ。半刻後にはここに戻るんだ」

町を知らないのは藤八だけではない。街道を北へ吉岡宿方面へ行く者と南へ桑折宿方面に行くふた手に分かれた。

ぬいと小三郎、富三たちは吉岡宿方面に向かった。

「のろまなんて、かわいそう。一生懸命やってるのに」

ぬいは、ひとりごちた。

賑やかな町並をくまなく捜した。町並を過ぎると田畑が広がり、百姓家が見えてくる。注意深く辺りに眼を配りながら小走りで捜した。

四半刻が、集合の刻限が過ぎた。

「しょうがねえ。戻ろう」

小三郎が言った。

そういえばと、歩きながら、ぬいは思いめぐらす。藤八は吉岡の在に叔母がいると話していたことがあった。ひょっとしてそこへ訪ねて行ったかも知れない。

木賃宿に戻ると、桑折方面へ行った者たちも帰っていた。

「いない」

「うーん」

戻ってくるかも知れないので、もう一刻待つことになった。が、姿を現さなかった。

ぬいが若親方の頭、万吉に藤八が吉岡へ行った可能性もあると話した。

「叔母さんは死んだというぞ」

万吉は首をかしげた。

「出発だ」

一行は旅支度をして木賃宿を出た。

吉岡宿へ向け、藤八を捜しながら所々の百姓家にも門付けして行くことになった。

辺りの田んぼには田植え前に水を張る代かき、苗代作りをする百姓の姿があちこちにあった。

「精が出ますなあ。こんな格好した角兵衛獅子の子を見なかったかのぉ」

「見ないなあ」

仕事の手を休め、腰を伸ばして答える。

一行は先を急いだ。

ようやく吉岡宿に着いた。

万吉ら若親方は額を集めた。旅程から考えると急がねばならぬが、ここで人を集めて舞い、踊れば藤八が姿を現すに違いないと目論んだ。

「トザイ、トーザイ。越後の角兵衛獅子でござーい」

笛、太鼓の音が響き、見物が輪をつくり出した。

「まずは『俵転がし』の技」

五つ、六つ、七つの芸を披露した。

小休憩のときだった。

「ちょっと」

太一が卯七組の小三郎や富三、ぬいを呼んだ。

「藤八のやつ、きのうの夜の稽古でこっぴどく叱られていたよな」

「そう。ひどくしょげていた。顔みられないほどだった」

ぬいが、うなずいて言う。

あれは、相手の肩に乗り、首に両足を絡み、背中に仰向けになって両手を広げて頭にぶら下がるという稽古の時だった。危険がともなう大技だ。

愚鈍な藤八にとっては相手の肩に乗るだけでも大変なことだった。それなのに技は連続して続く。藤八の顔は恐怖で引きつり、ぶるぶる震えていた。

「藤八、やらんか。みんなが迷惑するんだ」

相手の首に両足を絡む。なんとかできた。だが、背中に仰向けになるなどできなかった。

「がんばれ、藤八」

相手の子が励ます。

「ぐず、のろま。やる気がないからだ」

卯七若親方の叱責の声が飛ぶ。

「おら、できねえ」

半べそかいてうつむくだけだった。

「この馬鹿ものが！」

ついにビンタを張られた。

藤八は晩飯を抜かれた。誰とも一言も交わさなかった。木賃宿の大部屋の隅で泣いていた。

「かわいそうだよ」

「ひどいよ、若親方は」

藤八は厳しい稽古に耐えきれずに一人離れていったのではないか。獅子の子らは、そう思った。

午後の稼ぎが始まる前だった。

「あの旅籠の軒下にいるのは藤八じゃねぇか」

小三郎が言う。

たしかに猫背で小柄な藤八だ。が、見られていることに気がついたのか顔をひっこめた。小三郎が走ったが藤八の姿は消えていた。

今度は神社前の路上で、

「お見せ致しますは越後は月潟の角兵衛獅子でござーい」

人だかりの向こうに藤八がうなだれているのが見えた。

ぬいが卯七若親方に眼で合図すると芸から抜けだし、走り出した。

藤八は両手で顔を隠して、どたどたと逃げた。足は遅い。ぬいは追いかけた。

「心配するじゃないの、藤八のばか！」

追いついた、ぬいも涙ぐんでいた。

逃げ出すわけにはいかない、逃げるところもないと藤八には分かっていたのだ。

戻ると二人は詫びた。

「ぬい、お前があやまらなくてもいい」

聞けば、叔母が死んだことは知っていたが、家族を失ってたったひとりになり、身内の住んでいた家を見ておきたかったのだという。人に聞き聞きしてやっと訪ねた家は住む者もなく、廃屋となって草ぼうぼうだったという。叔母には角兵衛獅子の稽古の厳しさは一言も言わなかった。


角兵衛獅子一行は奥州街道を盛岡宿へ向かった。

街道には、けっこう旅人が往来していた。

「このへんに熊はいる？」

普段は口数の少ない動物好きの茂七が清二に聞いた。

「ここは羽後《うご》と陸奥《むつ》の国境、いると思うがな」

清二は首をかしげながらも、そう答えた。

二人のやり取りが聞こえたのか、大きな風呂敷包みを背負った行商人の男が近寄ってきて歩きながら話してくれた。

「羽後の仙北に阿仁というところがある。そこにマタギ村がいくつもあるんだ」

山深いところだという。

「おじさん、狩りはいつごろなの」

茂七が男を見上げる。

「冬眠前の秋の終わりから冬眠から覚める春先だ」

男は話好きらしく周りの子供たちにも聞こえるように話す。

「鉄砲かい？　肩に背負って雪の中を歩くんだよ」

「マタギってどんな格好をしているの」

眼を輝かせている。

「知りたいか」

得意そうに語りだした。

「ダオボッチという帽子をかぶり、キガワという毛皮を肩に巻くんだ」

メエカケ（前掛け）をしてマタギバカマ（袴）をはき、ハンバキ（脛当て）をし、カンジキをはく。タテ（熊槍）を持ち、フクロナカサ（山刀）を腰に差すのだという。

親戚にマタギがいるという行商人は、棒で地面に絵を書いて説明してくれた。

「いいな」

茂七は宙を見つめ、夢見るような眼差しになる。

「だがな、厳しい命がけの仕事だというぞ」

「パーン、パンパン。鉄砲撃ってみてえな」

「お前、マタギになるか。阿仁に連れてってやるぞ」

「ええっ」

「ははは。冗談、冗談」

　行商人は一行を追い抜いて行った。ふっと振り返ると「パーン、パンパン」と鉄砲を打つ真似をして笑っていた。


　やがて盛岡宿――。

　左手に岩手山脈を仰ぐ。宿場は北上川と中津川を外堀にして造られていた。侍屋敷、町屋敷、寺屋敷が並び、人の往来もあった。だが、盛岡藩は津軽藩とともに天明三（一七八三）年の大飢饉に見舞われ、多くの餓死者を出した。

　盛岡宿までの道すがら見たのは崩れかかった廃屋、手の施しようもない田畑、人っ子ひとり通らない村々だった。荒廃した風景がずっと続いた。

　天明三年四月に浅間山が大噴火、浅間焼けとも呼ばれた。五、六、七月と続き、火砕流が田畑、家、人間を焼き尽くし、大洪水を引き起こし、大量の火山灰を降らせ、天候不順に拍車をかけた。凶作、飢饉に見舞われ、とくに東北の惨状は深刻だった。南部藩では餓死者六万五千人、津軽藩でも餓死者十三万人、他国への逃亡者二万人だった。津軽藩では財政窮乏打開のため、藩士の地方定住令を出した。

　米はおろか粟や稗もとれず食う物もなく、くず、うど、わらびの根を掘り、木の葉まで口にして飢えをしのいだという。

　たった九年前のことだ。その爪あとは、あちこちに残っていた。

角兵衛獅子の一行は小川のほとりの緑陰で一人の六十六部に出会った。

六十六部とは、法華経を六十六部書き写し、諸国六十六カ国の霊場に一部ずつ納めて歩く行者。

「あの飢饉でこの辺りは、どうだったんですかいのう」

万吉が言葉をかけた。

「それは、それは、悲惨なことで」

白衣に手甲、脚絆、草鞋がけの行者は、阿弥陀像を納めた長方形の龕《がん》を背中から下ろし、切り株を探して腰かけた。

「聞いた話だが……」

語り始めた。

角兵衛獅子一行も行者を囲んで腰を下ろし、耳をかたむけた。

「ある村では百二十軒あった家が三十三軒に減り、街道沿いの家は三軒しか残らなかったという。餓死した人たちが道端に倒れ、馬も通れなかった。ある村では四カ所に穴を掘って死体を投げ込んだ。穴がいっぱいになると川へ流したということだ」

角兵衛獅子たちは、故郷、越後月潟村の大洪水や凶作を思い起こしていた。

六十六部の行者は続けた。

「ある所ではまた、草むらに人間の白骨が散らばり、ある場所では山のように積まれていた。しゃれこうべから女郎花《おみなえし》が見えていたという」

行者は一息入れると子供たちの顔を見回した。そして意を決したかのように話した。

「子やきょうだい、死にかかっている者を刃物で刺して殺し、その肉を食った者もいたという。食った者の眼が狼のように異様に光っていたという」

天変地異に追いつめられた人間の断末魔のような所業。

「もうやめて！」

両手で耳をふさぎ、叫んだ。

いと、ぬい、すゑ、はな、だった。

「ひどいわ」

「かわいそう」

「人がそんなことするの」

「鬼、畜生よ」

少女たちにはとても許せないことだった。心に深い傷を負ったようだった。

行者は一瞬たじろいだ様子だった。

「信じられないだろうが本当の話だ」

そう言うと眼を閉じ、手を合わせた。

「道中、達者でな」

立ち上がって仏龕《ぶつがん》を背負うとスタスタ歩いて行った。

万吉はまたもや考え込んだ。

極限の人間の修羅を子供たちが知った方がいいのか否か。だが、聞いてしまったものは仕方がない。

「さあ、出発だ」

万吉の声が響いた。


津軽にもおそい春が訪れていた。山裾に白樺が見え、こぶしが咲いていた。

道中、街道沿いの村々はさびれ、ひっそりとしていた。

数日後、青森宿に着いた。

津軽随一の港町で陸奥湾一帯の檜材や水産物の積み替え船、北前船が出入りしていた。旅籠や木賃宿、さまざまな店が軒を連ねる大通りにさしかかった。

琵琶《びわ》の音が聞こえてきた。

盲僧の琵琶法師が、琵琶の糸をしめて調子を合わせ、撥《ばち》で絃をはらって二、三声の音を立てた。やがて本番が始まった。

祇園精舎《ぎおんしょうじゃ》の鐘の声
諸行無常《しょぎょうむじょう》の響きあり
沙羅双樹《しゃらそうじゅ》の花の色
盛者必衰《じょうしゃひっすい》の理《ことわり》をあらわす

おごれる人も久しからず

『平家物語』の冒頭のくだりだ。

琵琶の音は時には悲しく、時には激しく、辺りを圧した。聞く者を引きつけずにはおかなかった。

角兵衛獅子たちは、じっと聞き入っていた。子供たちはどこでも旅芸人との出会いや芸を見るのが楽しみだった。どんな芸も勉強になった。獅子舞に活かせるものは活かそうと意欲的だった。

感情の豊かな太助は、瞬きもせずに琵琶法師を見つめていた。きっと洪水で死んだ父母や兄妹のことを思い出したのだろう。眼に涙をためていた。

琵琶をかき鳴らし物語る法師の傍に年少の盲人がいた。哀れをさそうその姿にも一行は眼をそらすことはできなかった。

そういえば、と誰もが思うことがあった。道中、子供の姿をほとんど見なかった。

「どうしてかのう」

琵琶が終わった後、若親方卯七が隣で見ていた者に聞いた。籠を担いだ、人のよさそうな百姓だった。

「凶作、飢饉続きで食う物もなく、子どもの多くは死んでしもうた」

熱病、時病、傷寒などの疫病が流行った。

「生まれた赤子も生きていけねぇ。おらも間引きをしなければならなかった」

やせこけた百姓の言葉が一瞬切れた。

卯七は、獅子の子たちに聞こえないように百姓とその場を少し離れた。

凶作、飢饉の上に年貢を厳しく取りたてられ、赤子を育てたくとも育てることはできなかった。百姓は庄屋の家へ行き、張り替えた古い障子紙をもらってきて水に濡らし、赤子の顔に張りつけて窒息死させたという。出産後、産湯に溺れさせたり、首を絞めたりする母親もいるという。

「子供を捨てて平気な親がどこにいるか。他人に育ててもらうために街道の三叉路のような場所に置いて去る。物心がつかないうちにそうするんだ」

他の村々でも菰《こも》に入れられて捨てられた嬰児の死体があったという。

卯七もまた万吉と同じようなことを考えさせられた。子供たちに前途はあるのか、幸せになれるのか、何が必要なのか、と。

この年、間引きを禁止し、養育料を出す東北の藩もあった。

夜。

風に乗って遠く津軽三味線の音が聞こえてきた。時には強く叩きつけるように、また時には物悲しい撥さばきだった。津軽じょんから節だという。その元唄が越後甚句の一種である越後瞽女《ごぜ》の唄「新保広大寺節」だったと一行が知ったのは、かなり後のことだった。

　そしてまた数日後――。

　角兵衛獅子一行十六人は、海峡を望む本州最北端の三厩《みんまや》宿に到着した。潮と海藻の匂いが鼻をついた。

　越後月潟村からの長い長い道中だった。幸運にも誰ひとり病で倒れたり、脱落したりする者はいなかった。

「よく頑張ったな」

「みんな強いぞ」

「よかったよかった」

　若親方の万吉、卯七、清二はそう言って胸をなで下ろした。

「はい、なんとか」

　獅子たちは赤い獅子頭をなでたり、手を打ったりして誇らしげだった。

　三厩は津軽半島の北端に位置し、竜飛岬が突出している。東に津軽海峡の三厩湾を望み、南西には中山山地が広がる。三厩宿は人家六十軒ほどの小さな港町。蝦夷地に向かう北前船や陸奥湾から木材や海産物を積み出す船の風待港として知られる。宿場の中ほどに松前藩の本陣があり参勤交代ともなれば人足や馬のいななきで騒がしかった。

　一行は高台にある龍馬山義経寺《ぎけいじ》に上った。

「あれー」

「遠く向こうまで見える」

女子が声を上げる。

津軽海峡が広がり、眼下には船のもやる港が見えた。

義経寺の副住職がわざわざ出てきて説明してくれた。

三厩という地名の由来は源義経伝説からきているという。

「ほう、義経ですか」

そう言ったのは清二だった。

義経は兄頼朝に平家追討を命じられ、一ノ谷、壇ノ浦の戦いに勝利したが衣川で敗れた。

副住職の話によるとこうだ。

衣川で敗れた義経一行が蝦夷地へ渡ろうとして来着したが海が荒れて渡ることができず観世音に訴願したところ三頭の馬が与えられ、それに乗って渡海できたという。その際、三頭の竜馬を三つの洞窟がある巌（厩石）につないだことから三厩と称することになったといわれる。

「で、この義経寺の由来は？」

清二が聞く。

「義経が祈りをささげたという観音像が安置されているのです。義経が通った五百年後、訪れた円空和尚は義経の守り神だった観音様が岩の上で光っているのを見つけた。そこで流木で仏像を彫り、小さなお堂を建てて祭り、そのなかに観音様を納めた。そのお堂がやがて龍馬山義経寺になったといわれておるのです」

なるほどと、一同は聞き入った。

十年前には諸国を旅した博物学者の菅江真澄も訪れている。菅江は冬も夏も紬の頭巾をかぶっていた。

眼下の港からさわやかな海風が吹きわたってきた。浜は薄くてやわらかい若生昆布の最盛期で賑わっていた。

その夜。

三組はそれぞれ漁師家の囲炉裏端に雑魚寝の分宿をさせてもらった。

いずれも網子の家で、土間の荒壁には網や籠、作業用の腰蓑や厚衣が吊るされていた。

万吉は、卯七と清二を自分の泊家へ呼んだ。海を越えて蝦夷島へ渡るにあたって申し合わせをしておきたいことがあったからだった。

「重三郎親方は、何事も合議の上でと言われた。念のために二人の考えを聞いておきたい」

魚油の灯りが三人の顔を照らした。魚油は鰯《いわし》、鰊《にしん》、鯖《さば》などで作った。くすぶりかけてはジージーと音を立てて燃え、魚の臭いが充満した。

「蝦夷島は、一生に一度行けるかどうかの未知の国だ。早く行きてえ」

一番若い清二はポキポキ指を鳴らして興奮気味だ。何にでも興味、関心を持ち、行動的な男だ。言葉を継ぐ。

「角兵衛獅子が蝦夷へ渡ったら話の種になる。厄介なことなど何もない」

卯七といえば腕を組み、宙を見つめたままだ。

「卯七、どうだい」

万吉がうながす。

「うーん。重三郎親方は、決して無理しちゃなんねぇと言われた」

「何が無理？」

清二が問う。

「子供たちはどうだ。元気そうに見えるが疲れきっていないか。それにおらたちも蝦夷のことはよく知らない」

四月には後志地方が地震と津波に襲われたという話も伝わっている。

卯七は何につけても慎重だ。

「おらの組はみんな元気だ。蝦夷島のことは行けば分かる。それでいい」

清二はだんだん熱を帯びてくる。

「本当に元気なのか。蝦夷島のことだって行けば分かるでは話にならん。お前は若い、考えが甘い」

「どこがですかい。慎重になるのもいいが、それでは前に進まない」

二人とも大声を張り上げ、眼をつり上げている。今にもつかみかかりそうな気配だ。こんな二人の姿を見るのは初めてだった。

「まあ待て」

万吉が割って入った。

「こうしようじゃないか」

一つは子供たちの体調や気持ち、もう一つは渡船など蝦夷島に詳しい人がいるかどうか。その上で結論を出そうということになった。

風は強く朝方まで雨戸を打った。

翌日、三人の若親方はまた集まった。

万吉組は、一番年下の春松に体力的な心配があった。芸もまだまだ。太助は未だに洪水で流された父母たちの夢を見ては泣いたり、腹痛を起こしたりする。

卯七組は、藤八や富三の身体が心配、道中遅れがちだった。

清二組は、子供たちは、まあまあ元気だ。が、不安がないわけではない。

共通しているのは、どの組も子供たちが助け合っていることだった。年上の男の子、とくに女子が面倒見がよく、姉代わり母親代わりをしてくれていることだった。

一方で若親方たちは船事情や蝦夷島に詳しい人を探し、話を聞くことができた。このころまだ客船などはない。商船か漁船などに便乗を頼むしかないことが分かった。

万吉は漁師家の前に全員を集めて言った。

「蝦夷島へ渡りたい」

みな緊張した面持ちだ。

「みんな、どう思う」

子供たちが納得しなければ行くことはできないと思っていた。

「船で渡るの？」

「怖そうだな」

「行ってみたい」

「いいところなんだよね」

子供たちは眼を輝かせて口々に言う。

「そうだ」

と万吉。

「よし、行こう」

卯七と清二が海を渡る段取りを話した。

越後月潟村の角兵衛獅子は、こうして北の大地、蝦夷を目指すことになった。

8　北の大地

寛政四（一七九二）年春五月――。

「見えたぞー」

背伸びをしていた若親方の清二が叫んだ。

遠方に青い広大な陸地があった。

「おお、松前だ」

万吉と卯七が同時に声を上げた。

「でっけー」

太一が眼を見張る。

「あれ、島か」

太助が言う。

蝦夷島は近づくにつれ青から萌黄、薄緑に色を変えた。

北の大地は春の盛りだった。みごとな咲きぶりの桜、梅、梨の花が一斉に咲き出していた。

角兵衛獅子の一行十六人は松前湊で船を降りた。潮の香りがぷーんと鼻をついた。

北前船の弁才船をはじめ、おびただしい船が碇を下ろし、伝馬船が走り回っていた。

松前は江戸からだと二百数十里（八百四十キロ）。本州最北端の三厩から十里（四十キロ）の海を四刻かかって越えてきた。津軽海峡を船で渡るのは危険と隣り合わせで、船が無事に着くと互いに狼煙《のろし》で連絡しあったという。

一行は大型商船（菱垣廻船）二隻に便乗して乗り込んだ。船賃は安くなかったが漁船より安全だった。それでも揺れは容赦なく、苦しめられた。一緒に乗った旅の商人たちも例外ではなかった。ひどい船酔いだった。船の甲板で、げえげえ吐いた。いとやぬい、すゑ、はなの女子は男の子たちを介抱した。彼女たちは酔えなかった。

船を降り、土を踏んだ。ぐらぐらっと、よろめいた。

松前宿は蝦夷島の西南、松前半島の先端に開かれた城下町。南に津軽海峡、東に太平洋、西に日本海と三方を海に囲まれている。

松前藩は他藩のように米などの農生産物がとれなかった。そのため石高で表す手段がなく「無石の藩」といわれた。だが、アイヌとの交易で生まれる鰊（鯡）、鮭、昆布など海の幸や海獣の毛皮などの交易で栄えていた。「他藩は米をもって立っている。わが藩は鯡をもって立っている。鯡はいわば米であって魚に非ず」といった。本州諸国から多くの船がひきもきらず来航し、大船だけで年間三百隻を数えたといわれた。城下の八割近くは町人が占める商都だった。

松前藩は上級藩士に知行（所領地の石高）の代わりにアイヌとの商い場所を与え、それを次第に商人に代行させるようになった。場所請負制度といった。

これによってアイヌへの収奪は年々過酷になった。松前藩がアイヌ貿易権を独占し和人との自由な貿易が阻害され、不当な不利益を強いられた。このため不満が爆発し、寛文、天明、寛政年間などに、たびたび反松前藩の一斉蜂起が起きた。よく知られたものには寛文九（一六六九）年のシャクシャインの戦い、寛政元（一七八九）年のクナシリ・メシナの戦いなどがあった。

松前城は慶長十一（一六〇六）年に六年をかけて完成。寛永六（一六二九）年に領内の千軒岳金山の金掘り人足を動員して石垣を集築させた。

千軒岳金山といえば、ポルトガル神父が蝦夷松前で最初にミサを捧げたところ。二度も金掘り大工だけの村を訪ねた。そこは蝦夷や奥州からやってきた男たちの飯場だった。棄教を迫られ弾圧を逃れた隠れ切支丹がいた。今も多くの隠れ切支丹がいるに違いない。

一行はその日一日、松前城や町並を見物することにした。

縞の立付け袴、筒袖に襷の垂れ、赤い小さな獅子頭をつけた可憐な獅子の姿はどこでも人眼を引いた。

「みごとだ」

万吉は見上げたまま動かない。

松前城が桜色に染まっていた。

「ほんとに、きれい」

いとやぬいが、うっとりと見とれる。

早咲き、中咲き、遅咲き。何十種、何千本あるのだろう。本州から渡ってきた人々が遠く離れた江戸や都、故郷を懐かしんで桜木を植えたことが始まりといわれる。紅、純白、黄、そして単弁に複弁。松前桜には蝦夷霞桜、血脈桜、夫婦桜の名木がある。風が吹くと桜吹雪となって散った。

松前城のはるか向こうに青い津軽半島が見えた。

松前城を下って町並を歩いた。人通りがことのほか多かった。

蝦夷地に出入りする船や荷や人を改める奉行所を通り、番屋に向かった。蝦夷の特産物は鰊。三月から五月の漁期には大勢の出稼ぎ漁夫が松前を訪れ番屋で寝泊まりした。廻船問屋も十数軒あった。鮭や昆布など蝦夷地の産物が北前船に積まれた。松前昆布は、長さ数丈（六～七メートル）、松前は昆布で屋根を葺《ふ》くとまでいわれた。肉厚で美味、諸国に知られていた。

松前城下には近江商人が多かった。北前船が運ぶ荷や、蝦夷各地の場所請負人となることで財を築いたのだった。

一方、磯船や保津船をもつ漁家、せいぜい二間の一般庶民の棟割長屋も見て歩いた。

「あっ、瞽女さだ」

子供たちが一斉に見た。

自身番小屋（火の見番所）を通りかかったときだった。

瞽女は「盲御前」と呼ばれる越後の盲目の女旅芸人。あちこちにいたが高田瞽女がよく知られていた。眼明きか半盲の手引きに連れられて三味線を携え関東近辺、諸国の村々を門付して回った。歌い語るのは祭門松坂（段物）と口説き節。口説き節は世の中の大きな出来事や悲しい物語を歌にしたものが多い。娯楽の少ない農村では瞽女の巡業はとくに歓迎された。

獅子の子供たちが眼にしたのは、まんじゅう笠に旅合羽、紺の着物に手甲脚絆、草鞋姿で数珠つなぎに歩く三人の瞽女だった。道行く先頭の若い手引きは半盲で、後ろに全盲の二人が袋に包んだ三味線を抱きかかえるようにして続いた。前者の肩に手を軽く添えて、そろそろと歩を進めていた。

「瞽女さ」

太一と太助が駆け寄る。

洪水で家族を失う前には兄弟の家にも瞽女が来て囲炉裏端で三味線を弾き語った。近所の人が寄ってきた。しみじみと聞かせる瞽女唄は、僧の説教より心を打った。瞽女たちは一晩泊まって行った。百姓家の一番いい部屋の仏間に枕を並べて寝てもらった。

「こんなとこまで来るの」

一番年嵩の、とみという瞽女に太一が聞いた。

「おうさ、お前さんたちこそ偉いのう」

見えぬ眼をじっと兄弟に向けた。

ほかの獅子たちも三人の瞽女を囲むようにして歩いた。みんなも瞽女が大好きだ。

「ねえねえ、瞽女さ」

太助がとみの腕を取っている。

「あい、なにさ」

洪水で流された母親でも思い出したのだろう。

「今晩、一緒に泊まろうよ」

「そうかい」

見ていた万吉が近づいてきて言った。

「これ、無理を言うんじゃないよ」

「いいだよ、旅は道連れって言うじゃないか」

うれしそうにうなずいた。

「いいですか」

獅子の子たちは手をたたいた。諸国を歩き、蝦夷までやってきた瞽女の旅の話が聞きたかったのだった。

松前は春とはいえ、やはり夜は寒い。さすがに野宿というわけにはいくまい、安宿でも探さねばと万吉ら若親方も考えていたところだった。卯七と清二がさっそく宿を探しに走った。半刻後、戻ってきた。

宿は松前の外れの一番安い木賃宿だった。角兵衛獅子一行十六人と瞽女三人の大所帯。運よく大部屋二間が空いていたが、ぎゅうぎゅう詰めだった。

一部屋を使ってみんなで囲炉裏を囲んで夕飯をとった。その後、夜遅くまでいろいろな話をした。

「わたしらかね？　長岡瞽女だいね」

「おれたち月潟の角兵衛獅子」

と胸を張る太助。

「そうかね。月潟にもよく行った。昔、源佐さんちには世話になってのう。やさしい人たちだった」

とみがそう言ったとき、

「おとう、おっかぁを知っているの」

驚きの声を発したのは、いとだった。

「お前さんは？」

「源佐の娘です」

「おお、おお、そうかい。達者でおられるかいのう」

とみが聞いた。

「…………」

いとは、みるみる涙をためた。

「いとの家は、あの洪水で姉さを残して全員が流されたんじゃ。その姉さは佐渡の遊郭に売られただ」

万吉が代わりに答えた。

「そうだったのかい」

とみは見えぬ眼で、いとを捜した。

「名前はなんというね」

「いと、です」

「おいとちゃん、小さいのに苦労したねえ」

いとに言葉はない。

「頑張ったねえ」

とみは、いざり寄っていとの両手を握った。

「きっといいことがあるからね」

しばし、深い沈黙が流れた。

やがて、とめをじっと見ていたいとが聞いた。

「どうして瞽女に？」

「聞きたいかの」

とめは静かに語り出した。

「七つのときに流行病にかかっての。ある朝、突然眼が見えなくなった」

驚き、悲しみ、泣き明かしたという。長岡の在の水飲み百姓の貧しい家。上に兄妹が三人いた。眼が不自由のために何もできない。それでも生きていかなければならない。瞽女の親方に弟子入りして一人前にしてもらうしかない。父親はそう思って泣きじゃくるとめを連れて行ったのだった。

「瞽女の修業は厳しくての。とくに寒稽古は辛かった。朝五時に起きて風上に向かって声出すんだ。のどが痛くなって血が出てのう。三味線の稽古も指先に血がにじむのさ」

稽古、稽古の毎日。ときには撥で額を叩かれた。祭門松坂だって五十段くらい覚えなければならなかった。

「一緒に歩いているこの二人も、こまいときから苦労しただ」

角兵衛獅子の子たちは、食い入るように聞いている。

「おらたちの稽古よりてえへんだ」

年下の春松と藤八が顔を見合わせる。

「そうだ、お前ら甘い」

万吉がにやりと笑う。

とめの話は、門付で見聞した村々のことに移った。

いとが、また聞いた。

「どうして蝦夷まで来たの」

どう答えたものか、という様子のとめだった。二人の瞽女仲間の方へ眼をやった。万吉ら若親方の方にも眼をやった。とめは、うつむいて黙り込んだ。子供たちも、とめの顔をうかがい、何か言いにくい、話したくないことがあるのかも知れないと思った。

「そうだない」

とめは沈黙を破った。

「子供にはまだ分からないかもしれないけど」

とめたちは世間では、一座から離れた「離れ瞽女」といわれた。男と関係を持ったり亭主を持てば仲間からはずされた。三里四方の所払い、門付を禁ずるという制裁を受けた。それは厳しい掟だった。だが、芸を売らねば生きていけない。仲間から離れて城下町や宿場、神社や寺で門付して歩いた。越後長岡から新天地を求めて北へ北へと向かい、とうとう鰊漁で賑わう蝦夷までできたというのだった。

「瞽女だって女だもの。男さんが好きになるさね。想い人がいてどこが悪いの。亭主がいてどこがいけないのよ。瞽女の一座は集団の生活だから？　だったら離れるしかないわね」

とめは何かに、誰かに怒り、抗議するかのようだった。

再び囲炉裏端に沈黙が流れた。

そこにいた一人ひとりの境遇はどこか似ていた。それぞれが見えない荷を背負っていた。角兵衛獅子の若親方も子供も、瞽女もみな自分の来し方を思った。

松前の夜は更けていった。


翌朝。箱館へ行ってみるという瞽女三人と別れた角兵衛獅子一行は江差へ向かった。

「おいとちゃんもみんなも達者でね」

まんじゅう笠をかぶり三味線を抱えたとみたちに、子供たちは高く手を振った。

松前から江差へは日本海沿いに十二里（四十八キロ）ほど北上する。空はどこまでも晴れ上がり、海は凪いでいた。一行のなかで体調を崩している者はいなかった。

最果ての北の大地、蝦夷島の海や山、自然に魅せられて歩いた。何もかも本州では見ることのできない大きさだった。荒々しく雄大で、そして美しかった。飽きもせず歩き続けた。

道中幾度か休憩をとった。その後も疲れを見せる者はいなかった。

「着いたぞ」

万吉が告げた。

江差は鰊漁で湧きたっていた。

鰊は「春告魚」とも呼ばれ、春になると大群をなして海岸に押し寄せた。人々はこれを鰊群来《くき》と言った。港には所狭しと北前船や漁船が止泊し、町並には廻船問屋や商家、蔵、旅籠が軒を連ねた。人口も三万人を超え、「江差の五月は江戸にもない」といわれるほどの活気を呈していた。

松前藩では鰊の漁獲時期になると「大筒、鐘、火薬」は鰊漁に差し障りがあるので中止せよとの制札を立てたほどだった。

角兵衛獅子たちは浜辺に出てみた。鰊の群れについてきた幾百もの海鳥が舞っていた。

鰊の魚影がピチピチピチピチピチと音を立てて果てしなく押し寄せていた。海が銀色に染まるほどだった。

「ソーラン、ソーラン」

「ソーラン、ソーラン」

声を合わせる。

鰊漁は短期決戦。ヤン衆と呼ばれる多くの出稼ぎや漁夫、町人までもが休む間もなく鰊と格闘する。「どんじゃ」や熊の皮の袖無を着た男たちが一斉に舟をこぎ出し、建網で鰊を捕る。捕った鰊が浜に打ち揚げられるやいなや待機していた女たちが「もっこ」に入れて背負い、何回も何回も運んだ。子供たちもいた。揚がった鰊を浜へ運ぶのを手伝ったり、女の「もっこ」運びに手をかしたりしていた。

「うひぇー」

「眼が回るわ」

獅子の子たちは、眼の前で繰り広げられる情景に度肝を抜かれたようだった。

鰊は数の子をとった後、身欠き鰊や鰊粕、肥料などにするための加工作業に入る。ここにも子供の姿があった。浜での仕事も加工作業もまるで戦場。飯は歩きながら、あるいは立ったまま食い、ほとんど寝ないで働くという。

なにしろ十日で一年間暮らせるほどの金を稼ぐというから角兵衛獅子はため息をついた。

東北を中心に全国的に凶作、飢饉の襲った天明三（一七八三）年前後の年は、鰊も大量にはこなかったということだった。

昼食時。一行は飯屋で塩焼き鰊を食べていた。

店のおばあさんが江差に伝わるこんな伝説を話してくれた。

「むかし、おりんばあというばばさまがいたと」

江差の浜辺に住んでいた。雲の形とか色とか動きを見て天気を村の衆に教えてよろこばれていた。

ある年、長雨が続いて畑の作物はくさり、海は荒れて魚はとれなかった。村では食べる物がなく死ぬ者が出ていた。おりんばあは神に「村の衆を助けてくれ」と祈った。

ある晩老人が現れ、とっくりを差し出して「この白い水を海に注いでみよ。たちまちに鰊が群がってくる」と言った。とっくりを海に注ぐとぴちぴちぴち、うろこを光らせ、何千何万の鰊がおしよせてきたという。後に江差の海にとっくりをさかさにしたような形の岩が現れた。この岩を「とっくり岩」と呼んだということだ。

「おしまい」

おばあさんはニコニコしながらみんなの顔を見回した。

「へーえ」

「そうけえ」

子供たちは鰊についてまた一つ知った。

後刻、昼七つ（午後四時）。浜辺の鰊漁の忙しさが少しひけたころ角兵衛獅子も稼ぎに動き出した。

ピョロロォー、ピーヒャラ
卯七が笛を吹く。

テテン、テンツク、テン
卯七が太鼓を打ちながら口上を述べる。

「さあさ、みなさん、はるばる越後からやって参りました角兵衛獅子でござーい」

十三人の獅子が勢ぞろいする。小さな獅子頭をつけた赤い頭巾をかぶり、縞の小倉の立付け袴、筒袖に赤い襷の可憐な姿。

「ほう、越後からか」

「めんこいのう」

鰊御殿といわれる番屋前の広場。番屋の親方が快く場所を提供してくれた。

鰊御殿は表通りから海に至るまで四十間（七十二メートル）ほどもある敷地。一階は鰊加工施設と親方の住居、二階は漁に明けくれるヤン衆や漁夫ら三十、四十人の寝起きの間だった。檜や松の巨木で造られ、間口は十間（十八メートル）ほどあった。裏には幾つもの倉庫があった。小樽に次ぐ豪壮さだといわれた。

その御殿の前でとあってみな緊張し、また浮き浮きもしていた。

「まずは『舞い込み』の技といきましょ」

万吉が芸を先導する。

「獅子はいきおい、どっと一度に舞い込む」

ドドッとにぎにぎしく勇壮に演技が始まった。

「跳んではねましょう。

返す身体は、こなたへもとへ」

テテン、テン、テンスケ、テン。太鼓が入る。

見物は眼の前の獅子たちに見とれる。

「ほほう」

「曲芸よりきれいだ」

拍手が起きる。

「さて、差し替えましては『乱菊』。

あなたより、こなたへと
くるりくるりと、はねかえす、菊の乱菊」

太鼓がテケテン、テンテン
見物の輪がひとまわり広がった。

「ちょっとそこ、見えねえよ」

漁夫が背伸びして怒鳴っている。

「続きましては『青海波』……」

こうして組芸も含め十種に近い技を披露した。

とんぼ返りしたとき太一の眼に真っ青な空と山々がくるっくるっと回るのが見えた。次々に違う風景が現れる。

(空気もうめえし、蝦夷はいいなあ)


後ろ手を組んで見ていた鰊御殿の、番屋の親方が万吉を手招きして言った。

「今晩は俺のところで泊まっていけ」

「何から何まで、ありがとうございます」

思わぬ厚意に万吉は深々と頭を下げた。

二階のヤン衆たちの大部屋の一隅に荷物を集めた。

大きな囲炉裏の周りで三十~四十人のヤン衆や漁夫たちと一緒に晩飯を御馳走になった。塩焼き、甘露煮、煮つけなど鰊料理がたくさん並べられ、角兵衛獅子の一行は久方ぶりにたらふく食べた。子供たちが腹でも壊さないかと心配するほどだった。

ヤン衆たちには荒くれ男が多いらしく、大きな声を張り上げ、酒を飲んでいた。子供たちは初め怯えていた。が、喧嘩をするような男たちには見えなかった。

「おい兄さん、一杯やらんか」

万吉、卯七、清二にも酒をすすめる。

「ありがとうございい」

三人とも酒は飲めない方だが眼の位置に盃を上げた。

男たちは、やがて手を打って、どら声、塩辛声で歌い出した。

ヤーレン　ソーラン　ソーラン
ソーラン　ソーラン　ソーラン
男度胸は　五尺の身体ぁ
ドンと乗り出せぇ　波の上　チョイ
ヤサ　エーエーン　ヤーサーノ
ドッコイショ

気持ちよさそうだ。

ヤン衆の中にがっしりした身体を赤銅色に焼いた四十過ぎの男がいた。強面だが笑うと白い歯がのぞいた。遠く離れた故郷の子供を思い出すのか、さかんに話しかけてきた。

「いくつだい」

「十歳」

春松が上目遣いに言う。

「お前は」

「十一」

富三が答える。

「その子は」

「十一」

はなが、恐る恐る返辞をする。

「みんなえらいな」

男は、節くれだった手ではなの頭をなで、じっと顔を見つめると、やがてオイオイ泣き出した。

「やめな、お前の泣き上戸には困ったもんだ」

仲間のヤン衆が背中をばしりと叩いた。

泣き上戸は体を崩してひっくり返った。そして、高いびきをかき始めた。

子供たちはびっくりして隅のほうに固まった。

「すまんな、親方」

仲間が万吉に詫びる。

ヤン衆は、東北や蝦夷の沿岸各地から雇われて鰊漁の出稼ぎにやってきた。「若い衆」「雇い」ともいわれた。ヤン衆のなかには越後出身者も多かった。とくに佐渡ヶ島の松ヶ崎では江差や松前への出稼ぎ希望者が全村の三、四割もいるといわれる。この人たちは「佐渡衆」と呼ばれた。

万吉が先の親切な男に聞きかじりのそんな話をした。

「いるいる、おーい佐渡衆！」

まだ三十そこそこの、ちょっと見は優男がやってきた。

「越後の角兵衛獅子の人らだ」

「ほう、そうかい」

なつかしそうに寄ってきた。

角兵衛獅子の衣装は脱いでいたので分からなかったのだろう。

「こんなところで一緒になるとは何かのご縁で」

万吉が挨拶する。

佐渡といえば万吉組は四年前に相川へ巡業に行った。獅子の太一、太助、春松、いとも佐渡は初めてだった。聞き耳を立てている。

「おらは松ヶ崎での、相川にはよく行った」

「大変なところでした」

万吉が子供たちを見やる。

相川金山の坑口前広場で踊ったことや鉱夫の飯宿に泊めてもらったことなどが彼らの頭に浮かんだ。いとは水金遊郭に売られた姉のちよと再会し、別れたことを思い出していた。

「この後、どうされる」

という佐渡衆に万吉はこう答えた。

「箱館へ行ってみようかと思っています」

「気をつけての」

「佐渡衆も」

朝の早い角兵衛獅子の一行はヤン衆部屋で横になった。

寄せては返す波の音が耳に快かった。波の音にのって、どこからともなく唄が聞こえてきた。

　大島小島の間通る船は
　ヤンサノエー
　江差がよいか　なつかしや
　北山おろしで
　行先くもるネ
　おもかじ頼むよ
　船頭さん

哀調を帯びた江差追分だった。

江差追分節の元は信州中山道で唄われていた馬子唄で、旅人相手の飯盛女たちが望郷の念をこめて唄ったという。それが北に向かい越後の舟唄となり、やがて北前船によって江差に運ばれてきたといわれる。

ぬいの姉は借金を返すために信州追分の飯盛女になった。いとの姉は佐渡の遊郭に売られた。二人はどんな気持ちで、このもの悲しい唄をきいているのか。万吉は不憫でならなかった。


角兵衛獅子一行は江差から陸路、箱館に着いた。

まずは津軽海峡に突き出た箱館山の麓に広がる箱館港に足を運んだ。

みるからに波静かで穏やかな港だった。

「へーえ」

「船も揺れてない」

三厩から海の難所、津軽海峡を渡ってきた一行にとっては驚きだった。

聞けば「綱知らずの湊」と呼ばれる天然の良港で江差、松前と並んで「松前三湊」といわれているという。蝦夷地広域からの海産物の集荷地として大いに栄えた。運上所が見え船の修復所が見え、沖口役所が見えた。

港から離れた山の手の中心通りには旅籠、呉服屋、料理屋、米穀商、廻船問屋などが建ち並んでいた。

「さあ、稼がないと」

万吉が呼びかける。

道中何があるか分からない。総勢十六人の帰路の路銀が心配だった。春とはいえ蝦夷地は寒く、野宿というわけにはいかなかった。いくら安宿を探しても銭は出て行く。一行の勘定方、卯七も頭を抱えている。

「各組ごと三手に分かれる」

万吉組は旅籠屋近くの広場、卯七組は問屋横、清二組は寺の近く。互いにそれほど離れてはいない。

「じゃな」

それぞれの組が散って行った。

小さい獅子頭に赤い頭巾をかぶり、縞の立付け袴、筒袖に襷姿の獅子、太鼓を肩から吊るした若親方が町並を行く。

「越後は月潟村から海を越えて参りました角兵衛獅子でございます」

ピーヒャラ、ピョロロォー
テテン、テンツク、テン
笛、太鼓の音が流れる。

旅籠屋近くでは万吉の口上が始まる。

「先ずは獅子勇みの舞い
踊り初めは跳んではねましょう
返す身体は　こなたへ　もとへ」

人だかりができる。

「あんなこまい子が……」

「一生懸命だ」

息のあった太一、太助、春松、いとの演技に拍手がわく。

一方、問屋横では、
テテン、テンテン、テン
「子供らの芸をご覧あれ。うまくいきましたら拍手の一つでも」

卯七が口上をのべる。

「先ずは初めに『青海波』

岩に当てて寄せ来る波
うつ波　立つ波」

構えていた小三郎、藤八、富三、ぬいが飛び出していく。

「ほう」

「いいね」

見物が増えていく。

そして寺の近くでは清二の声が聞こえる。

「どんな大道芸人にも負けません。初めは『唐人形お馬乗り』

馬の上に　しゃんと乗り上がった　馬を引き出す　ハイハイ、ドウドウ……」

途中に太鼓が入る。ヒーテン、テテン、テテテテ難度の高い大技を留吉、茂七、すゑ、はなが胸を張って自信の演技。

「身体がやわらかい」

「そこの小さいの、がんばれ」

声援が飛ぶ。

どこの組も盛況だった。跳んだりはねたり、とんぼ返りに逆立ち。その活《い》きのいい芸はすっかり町の評判になった。

清二組の芸を一番前で座って見ていた女の子がいた。商家の台所奉公人の姿だった。お使いの帰りなのだろう。まだ八つくらいか。うっとり見ている。視線の先は、すゑとはなだった。

二人も最初からそれを感じていた。

「越後の角兵衛獅子、これにて打ち止めでござーい」

待っていたかのように奉公人の女の子は立ち上がった。とたん身体がゆらり揺らいだ。踏み出した足が萎えていた。足を引きずるようにして二人の前に来た。

「大丈夫かえ」

すゑが、手をとって支えた。

「いいな。どうしてあんなに、飛んだり跳ねたりできるの」

「稽古よ」

「稽古するとできるようになるの」

「でも厳しいよ。叩かれることもある」

はなも話の中に入る。

「いいな、芸ができるんだもの」

その子は青森から奉公にきたという。生まれつきの足萎えで、名前は、きい。五人兄妹の末っ子で、上は男ばかり。姉さんがほしかったという。両親は相次いで病死した。兄たちはそれぞれ奉公に出ている。両親も家もない故郷にはもう帰れないという。

「越後ってどんなとこ？」

「雪が深い。でも雪が降っているときは意外と暖かい。蝦夷は寒い」

「青森も寒いよ」

人なつっこい。次々に話しかけてくる。奉公先の店は男ばっかりで話し相手がいないのだという。

「遊びに行っていい」

「いいよ」

その夜、きいは、旦那に許しをもらったといって木賃宿にやってきた。

すると、はな、いと、ぬいの四人が手を広げてきいを迎えた。みな妹のような気がしていた。

「よっ、きたな」

若親方、男獅子たちも言う。

遅くまで笑い声が絶えなかった。きいは、家族に囲まれたような一夜を過ごした。

「帰りたくないよ」

寂しさが伝わってくる。

「きいちゃん、遅くなると心配されるよ」

翌朝、木賃宿の前。きいは、みんなを送りにやってきた。

「お姉ちゃんたち、さよなら。もう会えないね」

眼に涙を浮かべていた。初めから会わなきゃよかったんだと思っていた。

「縁があったらまた会えるよ」

はなの声も湿っている。

「元気でいるのよ」

するゑが手を振った。

きいは不自由な足をひきずりながら追ってきた。

「きいちゃん、戻りな」

するゑが足をとめて振り返る。

「お姉ちゃーん」

胸元で小さく手をふるきいの声が泣いている。

「ばかな子だね、帰れというのに」

するゑは涙をふいた。

出会いと別れは箱館にもあったのだった。

一行が町を歩いていてよく耳にするのは、高田屋嘉兵衛という名前だった。

米穀商の庭を掃いていた若い奉公人が教えてくれた。

高田屋嘉兵衛は淡路出身の廻船業者。後年の寛政十一（一七九九）年に幕府の要請を受けて択捉島《えとろふ》へ海路を開き、海運を一手に押さえた。やがて箱館で巨富を築き、箱館の発展に尽くした。

その高田屋嘉兵衛に船を分け、箱館に店を開かせたのは紀州生まれで早くから北方貿易の夢をもっていた栖原角兵衛だった。高田屋嘉兵衛は生涯、栖原を恩人として敬ったということだ。

「ええっ、角兵衛だってよ」

太一が、勝ち誇ったかのように言った。

「おらたちの親戚か？」

小三郎の声も弾んでいる。

「そうかも知れんぞ」

若親方たちが笑っている。

また別の日、近江から来たという商人から松田伝十郎の話を聞いた。

松田伝十郎は、月潟村とはそう遠くない越後鉢崎村の生まれ。江戸にのぼって幕臣の養子となり、幕命によって樺太探検に従事し、間宮林蔵に先だって樺太が島であることを発見した。借金で苦しむ多くの樺太アイヌを助け感謝されたという。二十年近く蝦夷島にいて後に『北夷談』という書物を著わしたという。

「越後にも偉い人がいるんだ」

と感じ入った顔で太助。

「ばか、越後だからこそ、だろが」

太一が言う。

「蝦夷島へ来てよかったな」

万吉がしみじみと言った。

越後から遠く離れた北国、蝦夷地。ここで角兵衛の名前を聞いたことがうれしかったのだった。

この年の九月、ロシア使節クラスマンが漂流民の大黒屋光太夫らを伴い根室に来航、通商を求めた。漂流以来十年後のことだった。ロシアに漂着後、女帝エカテリーナ二世に拝謁、修好使節とともに帰国することを許されたのだった。十七人の乗組員のうち生き残ったのは光太夫ら三人だけだった。角兵衛獅子たちは知る由もなかった。

町外れの一番安い木賃宿に一泊した翌朝。

「さあみんな、明日出発だ。重三郎親方が待っているぞ」

万吉が全員を前にして言った。

「蝦夷島までよく頑張った。身体は大丈夫か」

卯七は気遣う。

「長旅だったが、いろんなことを見聞きできたな」

それは清二自身の感想でもあった。

子供たちの眼がぱっと輝いた。

「月潟に帰れるど」

「よかったあ」

飛び跳ねる子もいた。

「親方に旅の話をいっぱい聞かせたい」

「おかみさん元気かなぁ」

どの子も満面に笑みを浮かべている。

月潟村を出て、奥州街道を北上し、三厩から海路、最果ての蝦夷島にきたのだった。北へ北への、長い、長い旅だった。若親方も獅子の子たちも、親や兄弟姉妹を亡くし、重三郎親方に拾われて育った。彼らにとって故郷はたった一つ、あの懐かしい月潟村だった。帰る地があることに感謝していた。

子供たちを喜ばせたのは、それだけではなかった。

「褒美《ほうび》があるぞ」

万吉が、卯七と清二に目配せした。

「組ごとに渡すから並べ」

若親方たちは青と赤の包み袋を手にしていた。青は男の子、赤は女子への包み紙だった。

「じゃ、おれ万吉組から」

一人ひとりの名前を呼んだ。

「太一」

「はいっ、ありがとう」

「太助」

「はい」

「春松」

「うん」

「茂太」

「はあ」

「はあもないだろう」

「はいっ」

「いと」

「ありがとう」

見ていた子たちから思わず拍手が起きた。

「次、卯七組。小三郎」

「はい」

「藤八」

「おう」

「おうじゃないだろ」

「あ、はい」

「富三」

「はいっ」

「ぬい」

「ほんとにありがとう」

やはり拍手がわいた。

「清二組だ。留吉」

「へい」

「へいじゃない」

「わかりました、はい」

「茂七」

「……」

「声が小さいな」

「はーい」

「するゑ」

「ありがとう」

「はな」

「は……い……」

「泣かなくていい」

「ありがとう」

最後に、獅子たちが若親方たちへ大きな拍手を送った。

袋の中身は、男の子は四つたたみの武者絵、女子は櫛飾りだった。卯七が小間物屋を探して、おかみに見立ててもらって選んだものだった。

万吉たち若親方は数日間、稼ぎが終わった後で、帰郷に当たっての合議をした。

子供たちの体調や気分、道中の路銀、便乗船の調べなどだった。子供たちは何人かを除けば心配なかった。卯七によれば路銀もなんとかなりそうで、子供たちの稼ぎのおかげで重三郎親方にそれなりの金が渡せそうだということだった。

また清二の聞きこみで帰路は、一旦松前港に戻り、そこから北前船に便乗して出雲崎港へ進路を取るということになった。船の旅は、それはそれで困難をともなうことが予想された。

第4章　蝦夷島を発つ

寛政四（一七九二、徳川家斉治世）年六月——。

角兵衛獅子の一行十六人は再び松前港に姿を見せた。

幾艘もの北前船の弁才船が着いたばかりだった。乗組員や荷揚げ人足らでごった返し、荷馬や大八車がとまり、旅人が船を見上げていた。

「活気があるのう」

「さすが北前船だ」

万吉たちが感心してながめている。

積み降ろし作業が終わったところを見計らって帰路の便乗船の交渉をせねばならない。万吉たち若親方はのんびりしてはいられない。どの弁才船か見当をつけておく必要があった。

北前船といっても乗ったことがないから実際にはよく分からない。およそのことを聞ける人はいないものか。きょろきょろと探しにかかる。こういうことは物怖じしない清二が得手だ。万吉が背中を押す。清二はすでに眼をつけていたらしくスタスタ歩き出した。手には万吉から預かった大きな三つ折り道中財布がある。

清二が話しかけたのは、四十過ぎの船の楫取《かじと》りだった。顔も身体も赤銅色。名を伝吉といっ

た。初めはうるさそうにしていたが、

「俺も忙しこて」

どこか越後の訛りがある。

眼は積み降ろし荷と人足たちの動きを鋭く追っている。

「北前船はのぉ」

楫取りは話し出した。

北前船は、「一航海千両」といわれ、松前と大坂を結んで日本海沿いの西廻り航路を往来する買積船だった。その船型を弁才船といった。積荷は上り荷として蝦夷地や東北の鰊、鮭、干魚、昆布などの海産物、下り荷は西国の穀米、塩、木綿、古着、酒、煙草、大豆、草鞋などだった。

稲の育たない蝦夷地は、藁《わら》もないので必ず縄や筵《むしろ》、叺《かます》なども積むという。

「裂織《さきおり》を知ってるか。これだ」

麻や木綿を経《たて》糸に、細く裂いた古着の木綿を緯《よこ》糸にした織物だった。北前船で運ばれた大量の古着の再利用の技術として広まった。

北前船の主な航路は、江差―松前―十三湊―能代―秋田―酒田―岩船―新潟―寺泊・出雲崎―柏崎―今町―伏木―福浦―三国―小浜―境―石見―下関―尾道―大坂―江戸だった。

北前船は一年に一、二回の航海。三月下旬に大坂を出帆、四月、瀬戸内海や日本海の港で商売しながら北上し、五月に蝦夷地に到着した。大坂から江戸まで三十二日、最短でも十日かかった。

「弁才船ってどんな船で？」

と言いつつ清二は、奥州街道を歩き、三厩あたりで聞いた民謡を思い出していた。たしか「十三《とさ》の砂山節」といった。

十三の砂山ナーヤーエ
米ならよかろうナ
西の弁財衆にゃナーヤエー
ただ積みましょ
ただ積みましょ

「わしは二十年乗ってる。ま、乗ってみれば分かる」

得意そうだった。

なすび型に大きく反り返る船首尾、格子状に組まれた舷側の垣立、巨大な舵。千石積みの堂々たる大船が向こうに見えた。

伝吉によると弁才船は、こんな船だ。指で形をなぞるようにして話し出した。

弁才船は、千石船（千石積み、百五十トン）ともいわれる一枚帆の帆船。木綿帆布一反で幅三尺（九十センチ）。帆柱の太さ二・五尺（七十五センチ）、高さは九十尺（二十七・四メートル）。

幅広い厚板を船底に使い、船首側に水押、船尾側に戸立を配し、その両側に根棚・中棚・上棚といった外板を組み合わせ、内側から多数の船梁を入れて造る。材料は主に杉、松、檜。船の全長十五間（二十七メートル）、幅三間（五・四メートル）。千五百石積み、千八百石積みと年々大型化し、船乗員は十五人から二十人という。

北前船の多くは大坂に係留されていた。春、海が静かになったころに北陸地方からやってきて積荷を始める。大坂で衣類、砂糖、綿、酒、雑貨などを買い積み、瀬戸内海の港でさらに塩や畳表などを買い出し、下関港へ。そこから日本海へ乗り出す。沿岸要港に立ち寄り、積荷の売却、買い込み商売をしながら蝦夷へ向かった。

弁才船は、弱い風でも充分の帆走性能を持ち、港湾への頻繁な出入りも容易だった。船体も大板造り、内航船に適した平底、小船に近い大きさの操縦性ある舵、船内作業や荷役など重労働を軽減した轆轤《ろくろ》もあった。

だが、内海を航海する船で外洋には適さなかった。山や岬などを目当てに陸地沿いにジグザグに進路をとって航海した。陸地を見ずとも航海できる沖乗りに対して地方乗りといい、沿岸航海を基本にしていた。荒天には波が入りやすく水船になりかねなかった。船の遭難、漂流もふえているという。

二十年乗っている伝吉は、さすがに詳しかった。

「ありがとうごぜえやした」

清二は礼を述べた。

「して、伝吉さんはどこから？」

「越後からだ」

「越後はどちらで？」

「出雲崎だ」

「そうでしたか」

清二の表情はとたんに明るくなった。

聞けば、船主は鳥井兵衛門。持ち船の吉徳丸、豊栄丸、永寿丸、大黒丸の四艘が来ており、蝦夷の海産物を積みこみ、西廻りで何カ所か港に寄りながら出雲崎港に帰港するのだという。

「私らは月潟の角兵衛獅子ですら。折り入って頼みが」

清二は切り出した。

陸路より海路が速い。厳然たる事実だ。だが、御雇船を仕立てる金子《きんす》は到底ない。ならば他の手段を考えなければならない。

弁財船は貨物商船であって原則としては人を運ばない。できるだけ多くの荷を載せるため乗組員の人数もぎりぎりに制限されるからだ。だが例外はあった。

「船頭さんに会わせてもらえませんか」

清二は両手を合わせて懇願した。

「同じ越後人に頼まれてはのう」

吉徳丸に来るように取り計らってくれた。

夜。清二、万吉、卯七の三人は伝吉の案内で、甲板の胴ノ間下の船頭室にいた。

船行燈の淡い灯りのなかに銀煙管《きせる》を口にくわえた船主の鳥井兵衛門がいた。廻船を家業にしている男とは見えぬ痩身、小柄な男だった。自ら船頭として航海する船主つまり直乗船頭だということは伝吉から聞いていていた。

「用件てぇのはなんだい」

身体に似合わず野太い声だった。

「へい、実はお願いが……」

万吉が口を開いた。

角兵衛獅子の一行十六人を出雲崎港まで便乗させてもらえないか。できるだけのお礼はさせてもらう。それに航海中、船の中の雑用は何でも手伝う――と。

「ふむ」

船主は万吉らをぎょろりと見回した。

「女子《おなご》もいるのか。この船は女人禁制、女子は乗せたことがない」

船主は伝吉ら三人を手招きし、相談を始めた。

果たしてどうなるのか。願いが聞き入れられないとなると、松前に何日も留まって帰りの船を探さねばならなくなる。

船主らがこちらを振り向いた。結論がでたようだ。

「よかろう。同郷のよしみだ。ただし、船の手伝いは半端じゃねぇぞ」

「ありがとうごぜえやす」

万吉、清二、卯七の三人は深々と頭を下げた。

角兵衛獅子一行は、三厩から津軽海峡を渡って松前に着いた夜に瞽女と一緒に泊まった木賃宿に一泊した。

「明日、船で出雲崎港へ向かう。月潟村に帰るぞ」

万吉の声は明るかった。

「ほんと?」

「よかった」

「帰るぞ、帰るぞ」

獅子たちは喜んだ。


翌朝。

空は晴れ上がり、松前港は凪いでいた。空と海の青さが眩しいほどだった。海空に白い鴎《かもめ》が飛び交っていた。

角兵衛獅子の一行は、船主で船頭の鳥井兵衛門が率《ひき》いる千五百石積みの弁才船・吉徳丸が真ん前に見える場所にいた。船底には緑色の海藻と赤茶色の貝がびっしりとこびりついていた。

「よろしゅうお願いいたします」

万吉があらためて述べた。

鳥井船頭は、一列に並んだ獅子たちを眺めまわした。

どの顔もまだ、あどけなさを残している。疲れの見える顔もある。すばしっこそうな顔もあれば、愚鈍そうな顔もある。女の子たちは大人びて見えた。同じ年ごろの自分の息子や娘に比べれば、はるかにしっかり者に見えた。親なし子たちとも聞いている。哀れに思えた。

「わしが船頭の鳥井だ。出雲崎まで一緒だ。元気に行くだぞ」

弁才船の乗船人数には制限がある。鳥井の持ち船三艘に角兵衛獅子十六人を分乗させなければならない。

鳥井船頭や楫取りの伝吉ら役員と万吉ら若親方が集まって合議した。

半刻後、万吉が獅子たちを前に告げた。

「第一船の吉徳丸には万吉組の太一、太助、春松、いと、茂太が世話になる」

「卯七組は第二船の豊栄丸に乗せてもらう。小三郎、藤八、富三、ぬい」

「第三船の永寿丸には清二組の留吉、茂七、すゑ、はな。みんな、いいな」

名前を呼ばれて姿勢を正した。

「申し訳ありません。しばし時を……」

万吉が鳥井に頼んだ。

「おう」

一緒ではなく別れ別れの三分乗、と聞いて獅子の子たちは不安とさびしさを募らせていた。越後の月潟から蝦夷島までの長い旅路を、みんな一緒だった。三厩から松前までの海路は二組に分かれたが、そう長い距離ではなかった。今度は松前から出雲崎へ海の旅だ。何が起こるか分からないのが海だ。ひょっとして会えなくなるかもしれない。

「おいとちゃん」

姉さん格のいとの両手を、ぬい、すゑ、はなが握った。

「怖いよ」

「大丈夫だよね」

「出雲崎でまた会えるよね」

眼に涙をためている子もいる。

「大丈夫よ。船頭さんたちもいる。若親方たちもいる」

いとは、そう言って一人ひとりの顔を見つめた。

「けっ、泣き虫が」

男の子たちは、女子を見てにやにやしていた。

後刻、それぞれの組ごとに乗船した。

上り荷の最後の積荷作業で、どの船もてんてこ舞い、水夫たちの出入りが激しく、戦争状態だった。

こちらは第一船の万吉組――。

身欠鰊、鰊粕、数の子、昆布、干鰯などを伝馬船に乗せ、次々積みこむ。

「おい、そこのがき、ぼうっとしてんじゃねえ」

「じゃまだ、どけっ」

荒くれ男たちが怒鳴る。

獅子たちは恐れ慄《おのの》いている。

「みんな手伝うんだ」

若親方の万吉が厳しい眼で促す。

だが、乗組員や積荷人足が運ぶ荷の後について歩き、荷物に手を添えるくらいが関の山だった。もたつき、慌《あわ》て、焦《あせ》り、呆然としていた。軽業的な角兵衛獅子に敏捷性や速さはあっても力では乗組員らの足もとにも及ばなかった。

積荷作業が一段落したところで船頭たちと角兵衛獅子たちが向かい合った。

「まだ子供で役立たずですが、一生懸命やらせますすで。ほれ、名前を言え」

万吉が言う。

「太一です」

「弟の太助です」

「春松ですら」

「茂太」

「いと、といいます。よろしくお願いいたします」

「あい、分かった。あらためて、わしが船頭の鳥井兵衛門だ。ただ飯は食わせねえ、うんと働いてもらうからな。乗組員にはいろんな役割がある。一人ひとりの名前まではともかく、楫取りの伝吉よ、仕事について話してやれ」

伝吉が説明を始めた。

「俺は楫取り。表ともいう。航海全体の指図をする」

船首で額に手をかざし前方を見渡す。目的地までの航路に責任をもつ。楫取りの補佐役もいる。

親仁《おやじ》は水主《かこ》長役で、帆や楫の操作、甲板上の作業の指揮をとる。知工《ちく》（賄《まかない》）は事務長役で、積荷の受け渡しを指示し、帳簿をつける。この楫取り、親仁、知工が船頭を補佐する三役といわれる。

三役以外は水主というが碇操作の碇捌《いかりさばき》、操楫役の楫子などは経験豊かな水主の役割だった。その他の水主は若衆とか追廻しと呼ばれた。一番下っ端が炊《かしき》で二十歳以下、朝早く起きて飯をたく炊事担当。寄港しても上陸は許されなかった。

みな船頭がよく知る子飼いの乗組員だった。出雲崎付近の漁村から船頭のひと声で集まってきた。水主のなかに一人、出雲崎以外の若者がいた。能登の御陣乗太鼓の名手だった。

「炊の長吉、ここへ来い」

船頭の鳥井が呼んだ。

小柄でおとなしそうな子で十七歳といったところか。

「お前が、いちばん年が近い。この子らの面倒みてやれ」

「へい、分かりやした」

獅子たちは長吉に目礼した。

積荷を終え、いいよ出帆だ。

弁才船は碇を上げ、帆をあげた。

万吉組の乗る吉徳丸が風に乗って走り出した。艫《とも》（船尾）の幟がはためいた。次に続く第二船が、卯七組が乗る豊栄丸。

「先に行くぞォ」

太一が声を張り上げた。

小三郎たちが手を振っている。

そして第三船が、清二組が乗り込んだ永寿丸だった。

「置いていかないでよー」

はなが叫ぶ。

こうして角兵衛獅子一行は蝦夷島を発った。

第5章　漂　流

寛政四（一七九二）年六月——。

月潟村の角兵衛獅子十六人は、弁才船三艘に分乗した。碇が引き上げられ、帆がふくらんだ。一行は海路を出雲崎港へ向かった。

十三港、能代、酒田など幾つかの港に停泊して風待ちしたり、薪や飲料水、食料を積んだりして順調に帆走した。

こちらは万吉組が乗った吉徳丸——。

視界にはいつも後続の卯七組が乗る豊栄丸、その後方に清二組が乗り込んだ永寿丸の姿があった。

吉徳丸の胴ノ間の広い甲板の上には、上り荷（帰り船）として数の子、笹目（白子）、身欠鰊、鮭、鱒、干魚、昆布、米（各産地米）などが山のように積み上げられていた。航海中に食べる米、味噌、燃料の薪などもあった。その上を苫《とま》屋根で囲い、波の濡れを防いでいた。積荷は甲板下の船倉にもずっしりあった。船頭室には、佐渡の小木で作られた防水の豪華な衣装箪笥や船往来手形などを入れた状筥《じょうはず》も仕舞われていた。乗組員は、甲板船底の蚕棚のような寝床で眠った。

航海中は積荷、積み降ろしの作業こそないが、なにかと毎日が忙しい。

鳥井船頭は全体の航海責任者として、伝吉は楫取りとして、親仁の作造は水主頭として、米三は知工として責任ある立場にある。平の水主も船内の雑事に追いまわされている。船頭以下十四人が立ち働いている。

角兵衛獅子六人も、何もしないわけにはいかない。仕事は何でも手伝うことが便乗させてもらう条件の一つだった。

若親方の万吉は水主に交じって甲板の掃除、力仕事に精を出した。慣れない仕事で戸惑っているようでもあった。

太一・太助、春松、いと、茂太の五人は炊の長吉の下で炊事を手伝うことになった。

「ここが炊部屋だ」

炊部屋は船尾の艫廻りにあった。

「お前さんらの分も含め毎食二十人分の飯をつくることになる」

長吉は、みなを見回して言った。

「誰も忙しい。昼飯は、握り飯だ。四十、五十個つくる」

太一と太助と茂太、いとと春松の二組に分けられた。

「見ていろ」

長吉が大釜で米交じりの麦を水で研ぐ。陸《おか》でもなかなか口にできない米は貴重、麦五米一の割合で入れる。

「やってみろ」

太一と太助が見よう見真似で水を研ぐ。

次に長吉は細く割った薪で火を起こして炊き始める。煙が立ちのぼった。

太一と太助、茂太が続く。

「だめだよ、初めから火を強くしたら」

長吉がなじる。

薪を奥から出口に離して火を弱める。

様子を見ながら薪をくべていく。蓋《ふた》と釜の間から泡がふきこぼれる。やがてぷーんといい匂いがしてきた。

長吉の指示で、おき火にしてご飯を蒸らしていく。

「握ってみろ」

今度は、いとに言う。

「はい」

いとは、着物の裾を紐で絡げ、炊きあがったご飯を大シャモジで懸命に切り混ぜる。額に流れる汗を手拭いで拭く。

「おっ、さすが女子だ」

力加減をやさしく、熱いうちに握るのがコツ。それを知る、いとは一つひとつ形よく握り始める。

見ていた春松も「熱い、熱い」と言いながら握る。

「わ、形が悪い。いとのをよく見ろよ」

長吉の声が飛ぶ。

こうして何とか二十人分の握り飯ができた。

「昼飯です」

長吉が船内を回って大声で知らせる。

角兵衛獅子たちは、ザルに入れた握り飯を配って歩く。添え物は味噌だけだ。

「飯だ、飯だ」

楫取りの伝吉が取りに来る。

「うめえ、誰が握った」

「はい」

「いとか、いい嫁さんになるぞ」

「ようよう」

「おうおう！」

水主たちが冷やかした。

ザルを持った獅子たちは甲板から胴の間下の船倉へ。

「くれい」

親仁が一つ手に取った。

「なんじゃ、これは。丸だか四角だか分からねえ」

「俺のはどうだ」

水主が手を伸ばした。

「あやっ、こんなやわな握り飯があるか」

荒くれ男たちに言われる度に春松は身を縮め、いとの背中に隠れた。そして口をとがらせ、つぶやいた。

「ちえっ、次からは上手にやるよ」

飯づくりは大変だ。船上の重労働の上に単調な航海が続くと楽しみな食い物に不満が集まるからだ。

昼飯で海の様子は眼に入らなかった。

一段落して甲板に出ると、船はおだやかな紺碧の大海原を滑るように走っていた。揺れもなく、これが海の上かと思うほどだった。

角兵衛獅子たちは炊の長吉と話すのが気楽で楽しかった。

「おめさん、出雲崎か」

太一が聞く。

「そうだ、羽黒町」

「何年前だったか、佐渡島へ渡るとき羽黒町に泊めてもらったことがあった」

若親方の万吉も寄ってきた。

「そうだった、そうだった」

太助、春松、茂太、いとも来る。

「家族は？」

「お父さと兄さは海で死んだ」

長吉は海の地平線に眼を向けた。

長吉の父親と兄は、出雲崎の網元に雇われ、船をこぎ、網を引いて暮らしていた。鱈《たら》漁、鯇《すけとうだら》漁、鰤《しいら》漁が盛んだった。長吉もよく海へ連れていかれた。海が好きだった。

漁は、大漁と不漁の波が激しかった。そして板子一枚下は地獄。常に生死の危険にさらされていた。

鱈漁をしていたある年の冬。父親と兄は大嵐に巻き込まれ遭難、命を落とした。母と妹が残された。母親が船主で船頭の鳥井兵衛門に頼んで長吉を炊にしてもらった。妹はまだ小さい。

母親は旅籠で働いている。

「大変だったのね」

月潟村の中ノ口川大洪水で姉を残して家族全員を流された、いとが長吉の横顔を見つめる。

「俺たち一緒だ。仲良くしようぜ」

同じく家族全員を洪水で失った太一・太助兄弟が長吉の肩に手を置いた。

吉徳丸は津軽海峡を南下していた。

後方に走る豊栄丸、永寿丸の船影も見えていた。

ピョロロォー、ピーヒャラ、ヒャラ
テテン、テンテン、テレスケ、テン
笛、太鼓が鳴った。波が静かだったのでよく聞こえた。

小さな赤い獅子頭、頭巾、縞の立付け袴。衣装をつけた角兵衛獅子がそろった。

「一度はご覧になったやも、月潟村の角兵衛獅子でござーい」

乗組員の仕事が一段落したころ、甲板に万吉の呼び声が響いた。

無理を言って吉徳丸に便乗させてもらったお礼も兼ねていた。

船の上で芸の披露など初めてのこと。太一、太助、春松、茂太、いとの五人はとまどっていた。

(船が揺れたら上下左右の動きが崩れる。ま、いいか。それもまた面白いかも)

太一は、大丈夫だとうなずいてみせた。

「まずは獅子、勇みの技、さっそく取り始まり」

乗組員十四人の人垣ができる。腕を組んでじっと見つめる。

「踊り初めは、飛んではねましょ。

返す身体は、こなたへもとへと」

拍手が起こる。

「差し替えましては、蟹の横ばい。

身体はそっくり立ち合いの技。

あなたよりこなたへと、雌蟹雄蟹は蟹の横ばい」

ほんとに無数の蟹が横に這っているように見える。

「たいしたもんだ」

「角兵衛獅子は越後の宝だ」

そんな声が漏れる。

「差し替えましては、青海波。

あなたよりこなたへと、くるりくるりと廻る、大波小波は青海波」

「これにて打ち止め」

乗組員たちが寄ってきた。

「よかったぞ！」

にこにこ顔で獅子の肩や背中を手荒にたたいた。

しばらく後。水主の一人、恐ろしげな面をかぶった能登の五助が太鼓を持って現れ、叩き始めた。

ドドドド、ドン、ドンドン
ドンカッタ、ドンカッタ、ドドドド、ドン
初めはゆっくり、次いで速く、やがて最も速く。序・破・急の三段打ちで何回も繰り返した。

その間、幾度も見栄を切り、足を踏みしめた。その異様な音と所作は迫力があり、鬼気迫るものがあった。

吉徳丸の乗組員たちは何度か見ているのだろうが、初めて眼にした角兵衛獅子たちは驚いた様子だった。感受性が人一倍強い太助は身体をふるわせていた。

（一人でこれだけの芸ができるのか）

五助の御陣乗太鼓にも大きな拍手が送られた。

太助たちは、この太鼓の謂《いわ》れを五助に聞いた。

天正四（一五七六）年、越後の上杉謙信は能登の名城・七尾城を攻略し、奥能登に陣を進めた。破竹の勢いで名舟村へ押し寄せてきた。武器を持たない村人たちは鍬や鎌で立ち向かおうとした。勝敗は初めから明白だった。だが、古老に知恵者がいた。樹の皮で恐ろしげな面を作り、海藻を髪の毛にして、太鼓を打ち鳴らしながら寝静まる上杉勢に夜襲をかけた。上杉勢は突然の陣太鼓と不気味な怪物に驚き、戦わずして去ったという。

聞き終えた獅子たちは眼を見合わせた。


その直後。

「いやな雲が出てきたな」

艫屋形の後部に立って楫を握っていた伝吉が顔をこわばらせた。

空がたちまち雲に覆われ、海が騒ぎ出した。

角兵衛獅子たちには信じられなかった。

「たいしたことはなかろう」

船頭の鳥井はゆったりと空を見上げた。

胴ノ間では誰かが冗談を言っているのだろう、笑い声が聞こえた。

船は、津軽海峡から十三港へ向け日本海側へ抜けようとしていた。

風は次第に強まり、三角波がわき、高くうねりだした。

「おかしいな、時化《しけ》の季節じゃねえんだがな」

楫取りの伝吉が首をかしげる。

どろどろと雷鳴が轟き、稲妻が走り、唸《うな》り声をあげて腰の強い北西風が吹きまくった。

「えれぇこった、嵐がくるぞ！」

親仁（水主頭）の作造が叫んだ。

万吉、獅子たちは甲板胴ノ間の一角にかたまり、帆を見上げた。

ふくらんでいた帆が追い風にあおられて不気味な音を立て始めた。

昼間なのに、またたく間に空は真っ暗になった。

大海原は猛り狂っていた。

暗闇の中、大波が白い牙をむいて襲い、ようしゃなく船を叩きつけた。

「積荷は大丈夫か、荷崩れさせるな」

親仁の声が風でかき消されそうだ。

「おうっ」

「それっ」

乗組員が自分の持ち場で応えた。

「角兵衛獅子っ、荷を押さえろ！」

万吉の後に続いた太一、太助、春松、茂太、いとがずぶ濡れになりながら積荷覆布の綱を結わえ直し、荷を押さえて回る。激しい船酔いに耐えきれず嘔吐をくり返しながらやっと立っていた。

「いと、大丈夫か」

万吉が大声でふり向く。

「はい」

腰がふらつき、足はよろけている。眼に恐怖の色がある。

太一と太助が近寄る。いとも太一・太助兄弟もあの天明の大洪水で家を、家族を流された。あのときの驚愕、水の恐怖が再びよみがえった。

大波がゴーゴーと鳴っている。

「伝吉、西廻りへ楫を切れんのか」

船頭の鳥井が怒鳴る。

強まる烈風と部厚い高波。海底が雷のように鳴り響く。必死で楫を操る伝吉。

「なんとかしろい」

だが、いかんともし難い。

「船頭、何ともならねぇ」

船は目指す日本海ではなく太平洋へ太平洋へと流されて行った。しかも陸地から遠く離れ、外海へ外海へと連れ去られて行った。

「あっ、豊栄丸が離れた」

手をかざして太一が言った。

「おーい、小三郎ぉぅ」

太助が叫ぶ。万吉も卯七組を心配する。

豊栄丸は嵐のなかを大きく揺れながら小さく遠ざかっていく。

「永寿丸が、永寿丸が見えなくなる」

清二組を案じていとが声をあげる。

永寿丸はやがて視界から姿を消した。

「おすゑちゃーん、おはなちゃーん」

いとは声を限りに呼ぶ。

「清二！」

万吉が立ちつくす。

船主で船頭の鳥井兵衛門は顔面蒼白、呆然自失の体だった。

「えれぇことになった、えれぇことになった」

それだけを繰り返した。

楫取りの伝吉も親仁の作造も顔色を変え、頭を抱えた。

波はさらに高まり、船は上下左右に大きく揺れ続けた。

いったい何刻過ぎたのだろう。

空も海も相変わらず真っ暗だ。昼間なのか夜が訪れてきているのかさえ判然としない。

大波が止むことなく大音響とともに後から後から船に襲いかかった。

ドドドー、ドドドー
巨大なうねりに高く突き上げられ、次には波の谷底へと突き落とされた。それは奈落の底、絶望のどん底だった。足もとによっていた血が頭へ逆流した。板壁がミシッミシッと音を立て、船底の竜骨がきしんだ。繋《つな》がれていた伝馬船が流されていった。

「うわー」

何度も大波をかぶり甲板に転げ回る。空と甲板がぐるぐる回る。

「波にさらわれるな！」

船頭が叫ぶ。

角兵衛獅子は、ひとかたまりになってうずくまった。乗組員たちも柱や窓枠にしがみついた。

ビョー、ビョー、ビョー
魔風が天空に鳴り渡り、帆を千切れんばかりにふくらませ、暴走を始めた。このままだと、どこへ連れ去られるか分からない。

「帆を降ろせー」

帆下に船頭、楫取り、親仁、水主、それに角兵衛獅子が駆け寄る。揺れが続くなか、足を取られながらも懸命に帆を巻き、降ろした。

ほっとして甲板にへたりこんだ。その矢先だった。

バリバリ、バリー
魔風と高波を受け、帆柱がすさまじい音を立てた。それは悲鳴にも聞こえた。へし折られた帆柱が、甲板にドシーンと崩れ落ちた。

「危ねえ！」

乗組員は両手で頭を覆い四散した。

風も波もいっこうに止まない。

いったい、どうなるのだ。

船頭の鳥井、楫取りの伝吉、親仁（水主頭）の作造らが額を寄せ集めている。水主や炊が三人を囲む。万吉ら角兵衛獅子たちが不安と恐怖の眼差しで遠巻きに見ている。

「何十年も船に乗っているが、こんな目に遭ったことはねえ」

船頭鳥井の顔が歪む。伝吉、作造に言葉はない。疲労困憊の表情だ。

「まだ楫がある。航行はできる」

冷静さを装っているが楫取り伝吉の不安は募るばかりだ。

暗闇、吹きすさぶ強風、押し寄せる高波。二十人を乗せた船は、大海にあえいでいた。

夜が明けた。誰も一睡もできなかった。暗い空と海、風と波、船と人間。その状況は何も変わらなかった。むしろ悪化していた。

艫（船尾）で物のぶち壊れる不気味な音がした。

「や、やられた！」

叫ぶ伝吉に顔色はなかった。

楫の羽板が粉々に割れて海に落ちて行った。

船が大きく傾いた。

「ええっ！」

「こ、これは」

「どうするだ」

甲板のあちこちから聞こえた。

一難去ってまた一難！

船頭の鳥井が、がくりと肩を落とした。

吉徳丸は帆柱を失い、不運にも楫も失った。すでに船であって船ではない坊主船だった。

板子一枚下は地獄、いつ何が起こるか分からないのが海。その恐ろしさを目の当たりにしてもなお信じられなかった。

廃船同様の船は暗い大海原を漂い始めた。

あの大嵐の日以来、後ろに続いていた卯七組の第二船・豊栄丸、清二組の第三船・永寿丸の影も形もない。みなどうしているだろう。長い旅を、苦楽を共にしてきた兄弟、姉妹、家族のようだった。無事でいてくれよ。祈るしかなかった。

吉徳丸は、あてどなく木の葉のように大海を浮遊し続けた。

確かなのは陸地から遠く離れ、太平洋を南下していることだけだった。

乗組員も角兵衛獅子も甲板の胴ノ間にぐったりと身を横たえ、あるいはうずくまり、恐怖とたたかっていた。

空も海も暗かったが波風に一時の激しさはなかった。

帆柱と楫を失ってから幾日たったのだろう。

お手玉の袋を開け、一日に一個ずつ取り出し別の小袋に移して日を数えていた、いとは七つ目を取り出した。

そしてまた八つ目を取り出した。

雷が轟き、稲妻が走った。

間もなくしてのことだった。

「雨だ！」

親仁が大声を発した。

天の蓋《ふた》が壊れたかのような、滝のような大粒の雨が矢のように船を叩きつけた。

「なんという雨だ」

と万吉。

「痛っ」

大粒で硬く重い雨は、いとの肌を痛めつけた。

一時の雨かもしれない。飲料水はまだあったが、みな口を開けて雨水を飲んだ。ありったけの木桶をそろえ雨水を貯めた。褌《ふんどし》一つになって身体を洗っている者もいた。いとは、ひとり船尾の隅に隠れて身体を拭いた。

激雨が誘ったのか今度は烈風がごうごうと音を立てて襲ってきた。烈風は山のような波濤を誘い、船は暴風雨と逆浪によって上下左右に翻弄された。

傾いた船はギシギシと揺れ、甲板に大量の海水がなだれ込んだ。したたかに飲まされた。

「かき出せ！」

船頭の鳥井が叫んだ。

「ほいせ」

「ほいせ」

柱につないだ綱で身体を縛りつけ、あるいは互いの身体に綱を巻き、龍吐水や木桶で海水をかき出した。押し寄せる浸水との闘いは体力を消耗させた。懸命な排水作業にもかかわらず海水の浸入は止むことはなかった。いくらかき出しても流れ込んできた。

角兵衛獅子たちには徒労にしか見えなかった。船が沈むのは、もはや時間の問題だと誰もが思った。

それを察したか、親仁の作造が恐ろしい形相で怒鳴った。

「お前ら、あきらめたらお仕舞えだ」

「そうだ、性根入れてやらんか」

万吉が桶を振り上げながら大声を張り上げた。

だが自然に歯向かう力は、もはや人間にはなかった。

吉徳丸は前後左右の揺れを繰り返し、大きく傾き始めた。

帆柱を失い、楫を破壊され、荒れ狂う海の上で断末魔の苦しみにあえいだ。

船頭の鳥井は決断を迫られていた。三役の楫取りの伝吉、親仁の作造、知工の米三を呼んだ。

「荷打《にうち》だ」

悲痛な声だった。

荷打とは積荷を捨てて、かろうじて船の安定を保つ最後の頼みの綱、捨て身の処置である。

水主、角兵衛獅子たちは、甲板胴ノ間、甲板下の船倉の積荷を次々に海に捨てていった。

「あああ」

「もったいねえ」

「大損だ」

生き延びるためには他に方法がなかった。

蝦夷からの上り荷には、大量の数の子、白子、身欠鰊、鮭、干魚、昆布、途中寄った奥州地の米俵や野菜もあった。すぐに食べられる食糧ばかりで、容赦なくすべてを捨てるわけにはいかなかった。吉徳丸がどこかの陸地に漂着するまでに食いつなぐ食糧でもあった。吉徳丸三役は相談の上、全体の十分の一は確保することにした。薪炭、火打石道具も幸い流されずに済んだ。

荷打は暴風雨のなかの激しい船の揺れを緩和し、いくばくかの安定を得た。それでも流され続けていた。

一昼夜、二昼夜。悪天候は次第に遠のいていった。

疲労困憊し、憔悴しきった二十人は甲板胴ノ間に横になり、うつろな眼を大海原に向けていた。何日たっても島影も陸も見えなかった。伝吉が船首に立って遠眼鏡や正針（右廻り）と逆針（左廻り）の磁石を使い、夜には月、北辰（北極星）の位置を確かめたりしていたがいっこうに分からなかった。

ここは一体どこの洋上なのか。船の位置を知る者は一人もいなかった。

角兵衛獅子たちは、大海原で視界から消えていった豊栄丸の卯七組や永寿丸の清二組の仲間のことに思いめぐらすのだった。

それから何日経ったのだろう。日数え用に、いとが持っていたお手玉は船に流れ込んだ海水に流された。確か取りだした小豆は三十二まで数えたのだが……。また別な日数え方法を考えなければならなかった。

風も波立ちもない日が続いた。

船は木の葉のように、ただ漂っているだけだった。

やがて灼熱の太陽が照りつけてきた。夏の真っ盛りだった。

残した積荷の数の子や白子、鮭や昆布を少しずつ食べていた。米や麦も二十人割で少量ずつ炊いた。責任感の強い、炊の若い長吉の顔色は日ごとに暗くなっていった。

昼間の暑さは容赦なく身体を焼いた。桶を綱に吊るして海水を汲み上げ全身に浴びた。しばらくするとまた浴びたくなる。その繰り返しのなかで身体は白い塩を吹いた。

「ちくしょう」

「ふざけやがって」

「俺らが何をしたというんだ」

口々に毒づいた。

何日も何日も雨は降らなかった。

激雨のときに貯めておいた水槽の真水も底が見えていた。のどの渇きは増し、どうにもならなくなっていた。一人当たりの厳しい水の制限が始まった。一日茶碗に二杯。自分の飲み分以外にのどをうるおすには海水しかなかった。だが、海水はヒリヒリのどを焼くだけではなく、いくら飲んでも渇きを癒やすことはなかった。

「てめえ」

ごまかしてもう一杯真水を飲もうとした春松が親仁の作造に張り飛ばされた。

「子供なもんで。ちゃんと言い聞かせます」

万吉が春松を立ち上がらせた。

太一・太助、茂太、いとは、ひとかたまりになっていた。

雨はいっこうに降らなかった。

船は、ふらふらとあてどなく大海を漂っていた。来る日も来る日も海は尽きず果てはなかった。

無情に日が過ぎ去っていった。

食糧もみるみる減って、一人当たりの制限も厳しくなった。

「お前らを乗せたおかげで、俺らがえらい目にあっている」

「女なんかを乗せるからだ」

「そうだ。お前らは厄介者だ」

「船頭、水も食い物もあいつらと同じという法はないでしょ」

水主たちはあからさまに言った。

吉徳丸の乗組員と角兵衛獅子の間に対立感情が生まれていった。

それからまたどのくらいの昼と夜が去ったのだろう。もう日数を数える者もいなくなった。

船は西風にあおられ、波の間に間に漂った。

「水が飲みてぇ」

二日前から水槽の水は絶えていた。

雨はちらっと降ったがすぐ止んで、太陽がじりじりと甲板を焦がした。

食糧にも事欠き、干し飯を浸す水もなく生米やスルメをかじるだけだった。

「長吉、お前、隠してんじゃねぇだろうな」

柄の悪い水主の一人が炊の長吉の胸倉をつかまえた。

「何を言う、お前さんじゃあるまいし」

「何だと」

その水主は顔を真っ赤にして長吉の顔を殴打した。

殺気立っていた。

「やめんか」

船頭の鳥井が怒鳴りつけた。その声には力がなかった。どこか眼もうつろだった。

喧嘩のできる元気、体力、正気はだんだん失われていった。

「水を浴びるほど飲みたい」

「飯だ、飯だ。飯を食わせてくれ」

転々と横になっている二十人は、息も絶え絶えだった。

水！　水！　食い物を、食い物を！　そのことで頭がいっぱいで集中力はなくなり、やがて無気力になっていった。耳鳴りがし、聴力を失う者もいた。

船の機能を失った吉徳丸は飢餓状態の人間を乗せて広い海をうろついた。

夜空に月が出ていた。手を伸ばせば届きそうだった。うさぎが餅つくその月をつかんで食いたいと思う者もいた。

ここは一体どのあたりなのか？　船頭をはじめ三役は、そういうことも考えなくなった。遠く沖を離れた洋上、観測する術もなく、考えても無駄に思えた。

人と話しているところを一度も見たことのない五十過ぎの水主がいた。昼となく夜となくぶつぶつ小さな声でつぶやいていた。周りの乗組員は、また始まったかと思うだけだった。男は何を聞いてもしゃべらなかった。

その男のつぶやきは船が漂流し出してから徐々に大きくなり、叫びにも似た声になった。

「おーい、おーい」

「おーい、おーい」

悲しげな声だった。

一日何十回も飽くことなく叫んだ。いったい誰を呼んでいるのか。

それ以外の言葉、過去、記憶を喪失したのか。誰も知らない、知ろうともしない。生きるか死ぬかの状況の中で一人の男の半生に興味を持つ余裕などあろうはずがない。当然のことといえた。

だが、角兵衛獅子たちはずっと気になっていた。

「おーい、おーい」

今日もその声が風の音にかき消されていった。

「うるせぇ、気が滅入るんだ」

男を疎《うと》み、ど突く者もいた。

「やめてくれ」

洪水で流された父親の面影をその男に見た太一・太助兄弟は、いつも男の傍にいた。「おーい、おーい」と父親が自分たちを呼んでいるようにも思えて涙がこぼれた。

飢え、渇き、極度の疲労、睡魔、倦怠、鬱、幻視幻聴、絶望。肉体的な飢餓は精神の飢餓を招く。何もかも限界にきていた。

「あきらめるな。生きるとはあきらめないということだ。お前たちなら、がんばれる」

万吉はふらふらしながら励まして歩いた。

「いいか、生きて、生きて、月潟村へ帰るんだ。重三郎親方が首を長くして待ってるぞ」

獅子たちは虚ろな眼で万吉を見、笑顔をつくろうとしたが、それはできなかった。

万吉は力がつき、がっくりと膝をついた。

茜《あかね》色の大きな夕陽が暗緑色の海に沈んだ。


七つばかりの昼と夜が行った。

今度は一転、すさまじい暴風雨が船を襲った。

風はゴーゴーと鳴り、大波が逆巻いて押し寄せ、大粒の激しい雨が降ってきた。乗組員と角兵衛獅子二十人は、上下左右に大揺れする甲板に叩きつけられ、転げ回った。何かにつかまらないと荒れ狂う暗い海に放り出される。綱や手すりや人の身体に取りついて足を踏ん張った。飢えと渇きの漂流中、ほとんど弛緩状態だった肉体は恐怖を眼の前にして不思議とよみがえった。

帆も楫もない吉徳丸は烈風と巨大な波にもてあそばれた。

「放り出されるな。互いを綱で結べ」

船頭の鳥井が声をからす。

腰に胴綱を巻きつけ、垣立や船端にしっかり括《くく》りつける者もいた。

「龍吐水や木桶を流すな」

親仁（水主頭）の作造が声を限りに叫ぶ。

角兵衛獅子は綱で結んだ身体を寄せあい、海をにらんだ。

暴風雨はますます凶暴になり、ちっぽけな人間たちをあざ笑うかのように空と海を占拠した。

船と人間の居場所はどこにもなかった。

「もうお仕舞いか！」

船頭の鳥井は舳先《へさき》に仁王立ちになり捨て身の決心をした。

揺れ続ける甲板に全員を集めた。

鳥井は髷《まげ》の髻《もとどり》を切り払い、所持する脇差、鏡、小刀、鋏などを海へ投げ入れた。船内の鍋、釜を除くすべての金物も海中に捨てた。そして、ザンバラ髪を振りみだし甲板に両膝を突いて手を合わせ、ひたすら神仏へ祈願した。全員にうながした。

「南無八幡大菩薩様、伊勢神宮様、金毘羅大権現様」

天を仰いで神の名を繰り返した。

「出雲大社様、八坂神社様、諏訪大社様」

唱え続けた。

「金毘羅大権現様、伊勢神宮様」

これは船の遭難時の信仰だった。

異様な祈りの唱和は、強風と大波の音にかき消されていった。

何刻たっても暴風雨は止むことはなかった。

「もはや、これまでか。神は我らを見捨てた」

鳥井は観念したかのように荒れ狂う天を仰いだ。

海難は北前船の泣きどころだった。他人の荷物を運ぶ運賃船と違い、自分の荷物を手船で商売するのが北前船。遭難の打撃は予想以上に大きかった。船の商売は廃業へと追い込まれた。

「船頭さん、手はありますだ」

髪も髭《ひげ》も伸び放題の楫取りの伝吉が傍にいた。鳥井に耳を寄せた。

「ふむ、そうだった」

鳥井の眼がわずかに明るんだかに見えた。

鳥井が、親仁の作造と知工の米三を呼んだ。

ややあって、いとが手招きされた。

「……」

いとは、訝《いぶか》しんだ。

角兵衛獅子たちも首をかしげた。

いとは、甲板下の船倉に連れていかれた。

半刻たったころ、いとは戻ってきた。

「どうした？」

万吉が顔をのぞき込む。顔面蒼白だった。

「何があった」

太一も言う。太助、春松、茂太も心配する。

いとは首をふるだけで何も言わない。甲板の片隅で青ざめた顔を覆ってぐったりと座りこんだ。

また半刻が過ぎた。いとは風吹き荒ぶ空の一点を見つめ一言も発しない。身体が固まってしまったようだった。

「いと、何か言え」

万吉が手荒に揺すった。

いとの顔が不意に歪み、涙があふれた。

「いと」

いとは話さないだろうと思った。

万吉は船頭たちのところに走った。

「いとに何を言ったのですか」

船頭は顔を逸らせた。

「よほどのことがあったとしか思えない」

問いただす万吉に楫取りの伝吉が言った。

「お前には関係ねぇだろ」

「いえ、角兵衛獅子の若親方として一人ひとりに責任を負ってます」

今度は親仁の作造が怒鳴る。

「生きるか死ぬかのときに、責任もくそもあるまい」

「俺たち、一心同体です。いとをどうする」

万吉は食い下がる。

「うるせえ」

作造が万吉の頬を張った。

「まあ、待て」

船頭が手を上げた。

「実はなぁ」

船頭は苦渋に満ちた表情だ。

「船頭、わしが話す」

万吉は親仁の作造の口から恐るべきことを聞かされた。

吉徳丸は難破、沈没の瀬戸際にあった。神への祈りも届かない絶望的な状況だった。何とか起死回生を！　そこで吉徳丸三役が考えたのが人柱、海への生贄だった。

「海神が生贄を求めている」

「そ、そんな」

万吉は言葉がなかった。

「普通どこの船でも不浄の女は乗せない。女を乗せると海神が怒る。今回いとを乗せたのは、万が一のときの考えがあったからだ。その万が一の時がきたのだ」

作造は平然といった。

「いとを生贄に！」

遠巻きに見ていた者たちにも一部始終が聞こえた。

乗組員十四人が一団となった。

「女を捕まえろ」

親仁がいとを指差す。

角兵衛獅子たちは、いとを後ろに立ちふさがった。

双方は対峙してにらみあった。暴風雨で大揺れの船上に殺気が走った。

乗組員がじりじりと距離を縮めて来る。腰を落とし、角材や棒、桶、太綱の切れはしを手にしている。

だが、なかなか一線を踏み越えられない。

漂流し、飢えと渇きの日々を一緒に過ごし、支え合って生きてきた仲だったからだ。同じ故郷、越後の生まれだったからだった。

乗組員の陣から「おーい、おーい」の男が抜けて離れた。次いで炊の長吉が外へ出た。

「お前ら」

水主の中の、髭だらけの大男が二人につかみかかった。二人には抵抗する体力はすでになかった。

双方に膠着《こうちゃく》状態が続いた。

やがて、

「生きるための最後の最後の手立てなんだ。いと、分かってくれ。な、この通りだ」

船頭は土下座をし、額を床にこすりつけた。

いとには、哀れに思えた。

(みんなの命を救うためなら)

「船頭さん、頭を上げて下さい」

いとはひざを折って、鳥井へ寄った。

乗組員・角兵衛獅子、双方の動きが止まった。

見つめ合う二人の姿を眼にして眼頭を押さえる者もいた。祈るような眼でいとを見る者もいた。

だが、万吉は冷静だった。いとが一時の情に流されて海へ身を投げることを止めなければならない。

「若親方、いとは死ぬ気か」

太一が語気を強めた。

「思いつめているかも知れん」

「いいのかそれで」

妹のようだった、いとにほのかな恋心を抱くようになっていた太一。眼は血走っていた。

「そうはさせない」

くちびるを噛む万吉。

どんな時も一緒に街道暮らしをしてきた。その尊い年月が脳裏に浮かんだ。

「いと、やめろ」

万吉が、いとを揺する。

「死んではならない」

太一が声をふりしぼった。

太助、春松、茂太も両手を広げ、水主たちの前へ立った。

「捕まえろ。やっちまえ」

もみあげからあごまで髭だらけの大男が右手を高く上げた。いとに淫《みだ》らな眼を向けてきた男だった。いとは自分の意志とは関係なく少女から大人へ、つぼみから花へと十分に育っていた。

「うおっー」

水主たちが叫び声を発し、得物を手に手になだれ込んできた。

「どきやがれ」

「女をこっちへよこせ」

「助かりたくねぇのか、おめぇら」

棒で角材で太綱で殴りつけてきた。肉体の限界にあると思われるのにどこにその力が残っていたのか。

「何をする」

「どけと言ってるんだ」

いとを引きずり出そうとしている。

太一が、いとに覆いかぶさって守る。その背を、腰を蹴り上げてくる。

「ううっ！」

太一を腹返すと、いとをはじき出した。

「この、尼」

髭の大男は、抵抗するいとの顔面を殴打した。

「やめろ、馬鹿が」

楫取りの作造がすっ飛んできた。

「生贄を怪我させたら、大変なことになる」

そう言わせる理性はまだあった。

「どうせいというんだ」

髭の大男が怒鳴り返す。

「そうか」

大男は薄笑いを浮かべ、若い水主三人を呼ぶと耳打ちをした。

「行けっ」

太一ひとりに猛然と襲いかかり、いとに見せつけた。太一はひとたまりもなく甲板に転がり、動けなくなった。身体を丸めて呻いた。

「太一さん！」

いとは悲鳴をあげた。水主の手を振りほどくと太一に駆け寄った。

「太一さん、太一さん」

太一は薄眼を開けた。

「いと」

「死んじゃいや」

涙があふれた。いとにとっても太一は、いつのまにか想い人になっていたのだった。

船は依然として暴風雨圏の中にあった。大きく揺れていた。

いとは、ほつれた髪をなで、居ずまいを正すと船頭の鳥井に言った。

「太一さんの命を、みなさんの命を助けることができるのなら、私の命を捧げます」

「何を言うんだ、いと」

「万吉若親方、そこをあけて下さい」

「ならぬ」

万吉、太助、春松、茂太も阻んだ。

「ええいっ」

髭の大男を先頭に水主たちが角兵衛獅子を舳先へ追いつめた。生贄のいともろとも逆浪の海中へ消してしまえと殺気立っている。

じりっじりっと、いとたちは舳先から暗い海へ追い落とされようとしていた。あと二歩、あと一歩……。

突然、青白い稲妻が走り、ビリビリと雷鳴が鳴り響いた。やがて空も海も漆黒《しっこく》の暗闇に覆われた。大粒の雹《ひょう》のような雨が矢のように落ちてきた。そして豪風が吹き荒《すさ》んだ。荒れ狂う大海に浮かぶ吉徳丸は笹船のように弄《もてあそ》ばれた。

その衝撃の激しさに乗組員も角兵衛獅子も甲板に叩きつけられ、転げ回り、やがて意識を失った。

どれほどの時が経ったのだろう。

船はおだやかな大海を漂っていた。空は、あの恐ろしい暴風雨が嘘《うそ》のように晴れ上がっていた。

吉徳丸の乗組員や角兵衛獅子は、あちこちで意識を取り戻し、身体を起こし、空と海をながめた。

「大丈夫か」

万吉が甲板を見回して声を上げた。

「いと、いるか」

「はい」

いとが立ち上がった。

「太一は？」

太一はようやく手を上げた。痛めつけられた身体は動かなかった。

生きていてよかった！

いとの眼に涙があふれ、太一にしがみついた。

「太助」

「ここにいます」

甲板の真ん中あたりで声がした。

「春松」

「大丈夫です」

「茂太」

声がなかった。

「茂太！」

しばらくたっても返事はなかった。

「捜すんだ」

手分けして甲板、船倉を捜した。

「茂太あー」

「どこにいるんだ」

「返事しろー」

だが、その姿はどこにもなかった。

あの激しい暴風雨で海へ放り出されたに違いない。

「かわいそうに」

いとが海に向かって手を合わせた。

「茂太よーぉ」

仲のよかった春松が叫んで、しゃくりあげた。

茂太は三年前、塩尻宿で角兵衛獅子に拾われ一緒に街道暮らしをしてきた少年だった。万吉に連れていくと告げられたときの、あのうれしそうな顔が思い出された。

初めて失った仲間の命だった。

「おおーい、来てくれ」

艫の方で船頭の鳥井の声がした。

楫取りや親仁、水主が走り寄った。

「おぉぅ」

あっちに一人、こっちに一人、二人の水主が頭から血を流し、かっと眼を見開いて倒れていた。顔に耳を寄せ、息をさぐった。が、すでになかった。すさまじい暴風雨で甲板に激しく叩きつけられ、転げ廻り、打ちどころ悪く頭を打って絶命したと思われた。

親仁があらためて水主たちを眺めまわして員数を確認した。

「どうしたんじゃ、あいつら」

「おーい、おーい」の水主と炊の長吉の姿がなかった。二人とも仕事のできるやさしい男だった。船の激しい大揺れの中で海に放り投げられたか、あるいは自ら命を絶ったか。見た者は誰もいない。

「おじさーん」

「どうして」

「おーい、おーい」の男に父親の面影を見た太一・太助兄弟は声をからして呼んだ。

吉徳丸の乗組員は十人、角兵衛獅子は五人となった。

吉徳丸は再び、三度、大海原を漂い続けた。

依然として船の位置が分からない。

暴風雨に奪われたのは人間の生命ばかりではなかった。なんとか食いつないできた食糧のほとんどを失った。貯めていた水も、いくばくもなかった。

太陽は容赦なく炎のような熱を船上に投げていた。

飢えと渇き。飢餓状態のなかで意識も混濁し、喜怒哀楽の感情も失せていくようだった。恐怖、絶望の感情さえも忘れたかのようだった。

身体を動かすことさえままならないほど誰もが衰弱していた。干からびた魚のようだった。

角兵衛獅子たちは身体を寄せあって眼を閉じた。

卯七組と清二組の仲間のことを思った。漂流の果てに難破し海の藻屑《もくず》になったかもしれない、いや、どこかに漂着したかもしれない。街道暮らしの長い年月、喜びも悲しみも分かち合った一人ひとりの顔が浮かんでは消えた。

そして夢をみた。ひがな一日、夢現《ゆめうつつ》の中にいた。

帰心矢の如し、泣きたいほどの郷愁にかられた。

中ノ口川の堤防が大きな音を立てて決壊し、濁流が一気に流れ込んできた。

「かあちゃーん、とうちゃーん」

父母も兄も妹も一瞬のうちに呑み込まれた。

太一にも太助にも、あの日の悪夢がよみがえった。角兵衛獅子の日々も思い出された。さまざまなところへ巡業に行った。街道暮らしには辛いこともあったが、太一はどんなときも弟の太助をかばい、守ってきた。旅では楽しいこともたくさんあった。表情が思わず和らぐのが分かった。

いちばん年下だったのが春松だった。

「なんだい。親なんかいらないや。おいらが捨ててやったんだ」

そう言ってしくしく泣いたこともあった。

父は大酒のみ、母は男をつくって出奔し、二度と戻らなかった。父は病んで死んだ。天涯孤独の身となり、あちこちをさまよい歩いた。親切に声をかけ、角兵衛獅子の芸を教えてくれた重三郎親方を父と思ってきた。親方の角ばった顔が現れては消えた。

「姉ちゃん」

「いと、元気だったかい。獅子舞は辛くないかい。親方はいい人かえ。ちゃんと食べているかえ」

「おら大丈夫だ。姉ちゃんは？」

姉は咳をし、顔色も悪かった。

佐渡ヶ島の水金遊郭に売られた姉のちよとの再会だった。姉のうれしそうな悲しそうな泣き笑いの顔を、いとは忘れることができない。中ノ口川の氾濫で家族を失い、たった一人生き残った姉だった。姉はどうしているだろうか。

万吉もまた、もうろうとした意識の中で己の来し方を眺めていた。

江戸深川の裏長屋に病に伏せった父親がいた。もはや大工仕事ができる身体ではなかった。

母親は三年前に他界していた。父の横に角兵衛獅子の重三郎親方が座っていた。

「たしかにお預かりいたします。心配なさらぬように」

それがどういうことか察した万吉は、父親の薄く粗末な布団の隅をつかんで泣いた。

「とうちゃん」

「行け、お前のためだ」

父は万吉を突き放した。

あれから何年たったのだろう。

重三郎親方に育てられ、芸を仕込まれ、諸国を渡り歩いて一人前の角兵衛獅子になった。やがて若親方になり、獅子たちに頼られ、信頼されてきた。それらのよき日々を思い浮かべた。だが、突然、夢は現実に暗転した。

「あの子たちの命を絶っていいのか。あの子たちの未来を摘んでいいのか。何とか助ける方法はないのか」

万吉は自責の念、慙愧《ざんき》の念にかられた。

大海をあてどなく漂う船。眼をあけると、悲しいほど青い空が広がっていた。

ここがどこなのか、楫取りの伝吉も知らない。いったいどこへ行くのか、船頭の鳥井も、親仁の伝吉も知らない。水主たちも、呆けたように息をしているだけだった。言葉を発する気力もなかった。

万吉は這い寄り、獅子の子に声をかけた。

「太一、太助。大丈夫か」

兄弟は薄眼をあけて万吉を見た。

「春松」

膝を抱いてうつむいたままだった。

「いとは？」

「若親方、ありがとう」

いとは意外と元気に見えた。体力の極限に女の子は強いのかも知れないと思った。

「みんな、頑張れ！　あきらめるな。きっと助かる」

それは自分を鼓舞する言葉でもあった。

暑さと飢えと渇きの、変哲のない同じような虚ろな日々が過ぎ去って行った。青い砂漠、大海原で、死が日々の伴走者だった。

風も波もない夜と昼を、どれほど迎え、送ったのだろうか。

ある夜、小雨が降り落ちた。風がたち、海に波がわき、船が滑り出した。

「おーい」

「船が走るぞー」

甲板のあちこちから聞こえた。絶えて久しい人の声だった。

「天の助けだ」

船頭の鳥井が手を打った。

助かる、きっと助かる。誰もが思った。

何があっても吉徳丸が陸地に流れ着くことを願った。

楫取りの伝吉は雲や風の動き、山や岬を見逃すまいと凝視し続けた。

「南無八幡大菩薩様」

「伊勢神宮様」

「金毘羅大権現様」

「吉徳丸をどうか陸へお導きくだされ」

船頭たちは跪《ひざまず》いて両手を合わせ、ひたすら神仏に加護を祈った。

万吉は、角兵衛獅子を呼んだ。

どんな激しい船の揺れや浸水のなかでも離さなかった角兵衛獅子舞の衣装をつけた。身が引き締まった。

ピーヒャラ、ピョロロォー
テテン、テンテン、テンスケ、テン
笛、太鼓が鳴った。

「さあ、青海波、いくぞ」

「身体はそっくり立ち合いの技
あなたよりこなたへと
くるりくるりと廻る、大波小波」

足をとられ、よろよろとしながらも、自らを励まし一心に踊り始めた。

口上のように大波小波に乗って陸地へ漂着することをひたすら祈った。

死の淵から生の世界へ。

(まさか、こんなところで。でも芸が助けてくれるかもしれない。何百回何千回とやってきた角兵衛獅子には、きっとそんな尊い力がある)

万吉も獅子の子たちもそう思った。

乗組員もその周りで、手を打ち、腰をひねり、顔を左右に振って思い思いに踊った。長いこと狂ったようにそうしていた。

憔悴《しょうすい》しきっていたが誰にも生気がよみがえったように見えた。

そして、二日後の早朝。

「おーい、陸地だ!」

楫取りの伝吉が叫んだ。

「幻ではないのか」

船頭の鳥井が大声で言った。

「いや、たしかに岬だ」

はるか向こう東の方角に黄金の朝日に輝く青い陸がうっすらと見えた。

「陸だ!」

「待ったぞ!」

「助かったぞ!」

舳先へ走った。両手を突き上げて狂喜乱舞し、胴ノ間を走り回ったのは、太一と太助だった。

その後ろを春松といとが手をつないで走った。

あちらでは乗組員たちが手を取り、肩を抱き合っている。こちらでは互いに胸をたたき合っている。感極まって大声で泣く者もいれば、拳《こぶし》で涙を拭う者、眼に手拭いを当てる者もいた。

獅子の子たちに責任をもつ若親方万吉にも胸にこみ上げるものがあった。崩れ落ちそうな身をやっと支えていた。

いとを生贄にと腕ずくで迫った髭の大男がふり向いた。万吉は一瞬身構えた。大男は万吉に頭を下げた。万吉の前を通り、いとの方へと歩いた。

いとは大男に気づき、二歩三歩後ずさりした。太一、太助、春松が前に出た。

「また何をしゃがんでぇ」

太一がにらんだ。

「………」

大男は身を縮め、いとの前で跪いた。

「すまんことをした」

「もう、いいんです。頭を上げて下さい」

いとは静かに言った。

万吉は離れて立つ船頭や楫取りや親仁と顔を見合わせうなずいた。

そして威勢のいい声を張り上げた。

「陸はもう近いぞ」

生への海路を、歓喜を乗せて吉徳丸は快走した。

どこの国のどこの陸かは定かではない。だが、その青々とした陸影がぐんぐん近づき、次第に大きくなってきた。

第6章　漂　着

寛政五（一七九三）年四月——。

帆柱と楫を失い満身創痍の吉徳丸ではあったが、風の伴走を得て波を切って走った。

吉徳丸には乗組員十人と角兵衛獅子五人の十五人が乗っていた。

姿を現した青い陸影は近づくにつれ黄緑の色を濃くし、みるみる大きくなった。

「陸だ！」

「助かったぞ」

天に向かって叫ぶ者、手を合わせて拝む者、肩を震わせ涙を拭う者もいた。

万吉をはじめ角兵衛獅子たちは、展開する厳かな陸地の情景に立ち尽くしていた。

思えば来る日も来る日も海の上にいた。荒れ狂う暴風の日々、凪ぎの日々。飢えと渇き、飢餓。乗組員は四人を失い、角兵衛獅子は茂太を奪われた。生き残った者は奇跡としか言いようがなかった。

ボロ船とはいえ弁財船。吉徳丸は、そう簡単には着岸できない。切り立つ崖壁や流れの速い岬の磯辺には止まれない。

「おっ、おだやかな入り江だ」

楫取りの伝吉が目をすぼめた。

湾の中は静かだった。白い砂浜が広がっていた。

「碇をおろすぞ」

対岸を見ると浜辺に多くの人影があった。

「おーい」

「おーい、おーい」

みんなで声を限りに叫んだ。

人影はじっとこちらを窺《うかが》っているようだ。

「旗だ、布をはためかせろ」

船頭の鳥井が指示する。だが、適当な代用物がない。

「分かった」

すぐに反応したのは太一だった。

太一は角兵衛獅子が舞うときに身につける紅の襷をつなぎ合わせて作った赤旗を棒にくくり付けて振った。赤旗は風になびいた。

浜辺の人影が一カ所に集まった。何やら相談している様子だった。間もなく人影が大きく手を振った。何か叫んでいるが分からない。

やがて艀《はしけ》が一艘二艘、五艘走ってきた。

下から甲板上に向かって大声で何かを言う。が、言葉が分からない。

楫取りの伝吉が身ぶり手ぶりを始めた。

「俺たちの船は暴風雨に遭った」

吉徳丸を指差し、手を天に向けて高く上げ、指先で高波の頂上へ持ちあげられた仕草をし、今度はその指を足もとに降下させて、真っ逆さまに海原に叩きつけられた仕草をした。二度繰り返した。

だが、小首をかしげるだけだった。

三度目にうなずいたように見えた。

「俺たちは食う物も水もない」

楫取りは考え考え動作をつくった。

流されなかった茶碗の一つを口元に当て箸を使う仕草をし、今度はもう中には何もないと両手をあげて万歳をした。次に茶碗で水をごくごく飲む真似をし、おなじく両手を上げて万歳をした。

三度繰り返した。なんとか通じたように見えた。

そして最後に楫取りは叫んだ。

「助けてくれ！」

手を合わせて深々と辞儀をし、跪いて頭を下げた。それを何度も繰り返した。

傍で見ていた乗組員や角兵衛獅子もそれにならった。

「南無八幡大菩薩様、伊勢神宮様、金毘羅大権現様」

船頭の鳥井が祈った。

五艘の艀は集結し、吉徳丸に向かって一斉に声を張り上げた。そして、入り江に船をつけろと身ぶり手ぶりで伝えてきた。

「よかった」

深い安堵の色が広がった。誰もが喜び勇んだ。

所持品などあろうはずがない十五人は、着の身着のまま、身一つで五艘の艀に乗り移った。

船頭の鳥井、楫取りの伝吉、親仁の作造、知工の米三らは振り返り振り返り吉徳丸を見つめ、涙を拭っていた。

艀は次々に岸に着いた。

長い月日、地に足をつけて歩いたことがなかった。身体が波に馴染んでいた。

「あんちゃん、地面が揺れていないか」

太助が言う。

「船酔いだ。歩けば治る」

太一が肩を貸した。

衰弱しきった彼らの足はよろけ、立ち上がるのも容易ではなかった。島の者に支えられて転げ落ちるように降り立った。砂地に足が食いこむ。肩で息をし、へたり込み、浜辺に頭をつけた。砂を握り、離し、立って地面を蹴ってみた。そうして陸地を身体で確かめていた。前かがみに一歩一歩重い足をひきずるようにして歩いた。

多くの男女が取り囲み、驚き、訝しげに見ていた。

待てよ、と船頭の鳥井は思った。現地の男たちの中に目の鋭い集団を見た。異国人への敵意だろう。手に樫棒、小刀、小弓などを持っていた。殺意は感じなかったが警戒するにこしたことはない。楫取りの伝吉と角兵衛獅子の万吉にその旨を耳打ちした。二人はうなずいた。襲われたら襲われたまでだ。

現地の男たちは頭髪を一部残して剃り上げ、残りの毛髪を伸ばして三編みにし、後ろに垂らしていた。筒袖に股引き、沓《くつ》をはいていた。女は、髪を左右に分けて後ろへ引き廻し、鉢巻きのようにしていた。子供たちが歓声をあげて浜辺を走り回っていた。

人垣から村の長老と思われる、立派なあご髭をたくわえた長身の男がゆったりと現れた。

一人ひとりを見回しながら口を開いた。

「どこからきた？」

とでも言っているのだろうか。分からない。

「何と言っているのかいのう」

船頭の鳥井。

角兵衛獅子のなかでは物真似の上手い太助が前に出た。身ぶり手ぶりを始めた。

「おらたちは日本からきた」

「ニッパ？」

「いや、ニッポンだ。ニッポン」

「ニッポ？」

「ニッポンだ」

長老は時々笑顔を浮かべ、好意的だった。船長も楫取りも安心した様子だった。

やがて長老が指示したのだろう、樽いっぱいに満たした水が届けられた。

飲めという仕草をした。

夢にまで見た真水だ。柄杓を奪うようにして飲んだ。

「うめえ」

「こんなに甘かったか」

ゴクゴクとのどを鳴らして何杯も何杯も飲んだ。

食べ物も運ばれてきた。粟飯、焼き魚、豆腐、菜漬、見たこともない果物……。

「ありがたい」

飢えに苛まれた船上での日々を思い起こし涙する者もいた。誰もが人目はばかることなく食らいついた。

「ゆっくりゆっくり、水を飲み飲みいただくのよ」

いとが廻って歩いた。

村では客相手の御馳走なのだろう。子供たちが恨めしそうにながめていた。

「ありがとうございました」

「感謝いたします」

船頭の鳥井と万吉が代表して深々と腰を折って礼を述べた。

しばらくしてまた問答が始まった。

「おいらたちはニッポン。ここはどこ？」

鳥井に頼まれた太助が棒で砂地を叩く。

長老は首をかしげる。

「ここはどこ？」

太助の棒は上下左右、東西南北を指す。

長老は困惑した表情で首をひねるばかりだ。

「そうだ字だ、文字だ」

万吉が長老に筆、硯《すずり》、紙の形を空で描き、両手を合わせ、頼むという仕草をした。

長老はうなずき、集落の方へ若い男を走らせた。

住民と日本漂流民はあちこちで親しく身ぶり手ぶりの会話を始めた。もちろん意味は通じてはいない。だが、笑い声が聞こえたりもした。

筆、硯、紙が届いた。それを真ん中に双方が真剣に見入った。

「日本、漂流民」

墨をたっぷりつけて万吉は大書した。

のぞき込む長老たち。文字の形は分かっても、それがどこにある国かは理解しかねているようだった。

「分からんようだ」

万吉が言う。

「ま、いい。それより、ここはどこの国かを聞いてくれ」

と船頭の鳥井。

とはいっても文字で分かるかどうか。

「此処、何処国」

長老たち村人たちはじっと見入る。何やら大きい声で話し合っている。どうやら意味が分かったようだ。

長老は達筆な文字でこう書いた。

「中国・清国、海南島」

万吉、鳥井、楫取りの伝吉、親仁の作造は顔を見合わせた。

「文字、漢字を使う国は多分一つしかない。中国に間違いない」

万吉が断言した。

話がここまでくるまでには双方に長い時間と忍耐が必要だった。

この時代、多くの日本の船が遭難、難破、漂流し、海外の地に漂着した。ジョン万次郎や大黒屋光太夫などは有名だが、無数無名の漂流があった。中国大陸への漂着も記録に残っている。
例えば——。

■寛永二十一（一六四四）年、越前三国の廻船三艘が松前に向かう途中佐渡沖で大風に遭い、沿海州に漂着。瀋陽から北京に連れて行かれ、正保三（一六四六）年に帰郷。
■讃岐丸——元禄五（一六九二）年十一月、伊勢沖で遭難。翌年、中国浙江省に漂着。
■神力丸（陸奥船）——寛延三（一七五〇）年十一月、仙台沖で遭難。翌年、福建省に漂着。
■春日丸（陸奥船）——宝暦二（一七五二）年十二月、仙台沖で遭難。翌年、浙江省に漂着。
■松栄丸（松前船）——天明八（一七八八）年、中国南部広東省に漂着。
■大日丸（薩摩船）——天保元（一八三〇）年七月、トカラ列島沖で遭難。浙江省に漂着。

角兵衛獅子が便乗した吉徳丸は、蝦夷から太平洋沿岸に引き流され、黒潮につかまり、さらには東シナ海を漂って海南島に漂着したと思われた。

これまで少なからぬ日本漂流民が中国の漁民たちに助けられた。どこでも同情され、親切にされ、帰国へと骨を折ってくれた。

日本幕府も寛政七（一七九五）年六月、異国船漂流民は救助せよとのお触れを出した。日本沿岸に度々異国船が漂着したが、漁民は異国船とかかわって面倒になることを恐れ救助をためらう風潮があった。

文字で話し合いができる、という確信が日本漂流民に生まれた。陽が落ち始めていた。

村には萱葺きや土づくりの家が二十、三十戸見られた。漁業と農業の村だった。

漂流民は長老の厚意で分宿することになった。長老の家に吉徳丸の乗組員、長老に次ぐ副長の家に角兵衛獅子が泊まった。

夕食の前に長老の家に乗組員三役と万吉が集まり筆談の続きとなった。万吉が文字を書き、質問を受け、答えた。

――蝦夷を発った吉徳丸は外海へ外海へと流され、すさまじい暴風雨に遭い、帆柱と楫を失い、飢渇に苦しみながら漂流し、死の直前にこの島に漂着した――。

「暴風雨」「漂流」「飢え・渇き」「死」。万吉の文字に長老たちは、いちいちうなずき、同情の表情を見せた。

筆談は夕食をはさんで夜遅くまで続いた。

翌朝。長老の家に漂流民全員が顔を見せ、筆談の続きを見守った。万吉が文字を書いた。

鳥井の質問――日本へ帰りたい。どうしたらいいか。

長老の答――船はどうする？

鳥井――船を修繕するところはないか。

長老――遠くへ行かねばない。それにあの船はもう修繕できないのでは。

鳥井――日本行きの港、廻船はないか。

長老――あるにはあるが、北へ何カ月もかかる。乍浦という港町だ。

「ええっ」

「そんな」

日本漂流民の口からため息がもれた。

「なんとかならないか」

筆を執る万吉も長老の顔をにらむように言う。

「そちらも、今後どうしたいのか相談してくれ。その上でまた話し合おう」

この日はそこで打ち切られた。

村人たちは親切だった。

女たちは交替で分宿の家に食事づくりにきてくれた。着の身着のままの衣類を洗い、さっぱりした着替えを持ってきてくれた。男には筒形の袖のついた膝丈ぐらいの上着にズボン、女のいとには胸の前で襟を合わせる上着と胸元からつま先まですっぽり覆う着物だった。島民と日本漂流民の体形は似ていた。

それに顔もよく似ていた。

「おまえ、中国人だろ」

若い男が自分の顔を指差し、その指を太助に向け、にやにやしている。

物真似がうまく、すぐに理解できる太助は、何を言っているか分かった。

「違うわい」

相手は、そうだそうだと、はやし立てる。子供たちも集まってくる。

「ほんとは中国人だろ」

兄の太一も冷やかす。

さあ大変。太助はどうしたか。

「うおー」

叫んだと思うと、ピョッンピョッン跳ね、足を高く上げて踊り出した。

「実は中国人なんだ」

冗談が通じたかどうか。先の男がやってきて一緒に肩を組みピョッンピョッン跳ね、足を上げて踊った。

村人たちは笑いながら手を打った。

島の女たちと角兵衛獅子のいとが仲よしになるのに、さして時間はかからなかった。いとも「ありがとう」という仕草をし、何でも女たちを見習って一緒にやった。何がおかしいのか、ときどき笑い声がたった。いとは、とくにおばあちゃんたちに娘のように可愛がられた。

清国のどこから来たのかと何人にも聞かれた。いとも、この国の女に顔がよく似ているらしい。

「いと、いと」

村人たちが一番初めに覚えた名前は彼女だった。

子どもたちは初め遠巻きに異国の日本人を見ていた。粗末な着物、すすけた顔、洟《はな》たれ。だんだん慣れてくると傍までやってきた。いとが行くところどこへでも、ぞろぞろついてきた。

「いと、いと」

いとも子どもが大好き。頭をなで、頬をさすり、ときには抱きしめたりした。いとの着物を引っ張ったり、足をふんづける真似をしたり、いたずらもする。そんなとき、いとは飛んだり跳ねたり、逆立ちしたりした。

地面を蹴って高く身をひるがえし、空中で一回転し、すっと立った。次いで、くる、くるっと横転して見せた。

「おおっ」

「すごい」

とでも言ったのか、子どもたちは角兵衛獅子の芸に驚き、眼を見張った。そして千切れんばかりに手を叩いた。

以後、子どもたちは、いとを見つけては芸をせがんだ。

漂着して五日後、黒い羅沙《らしゃ》の衣服を着た三人の役人がやってきた。そんなことはめったにないのか村人は訝しそうに見ていた。漂流民がいることを長老が知らせたのであろう。

長老の家に全員が集められ、取り調べられた。鳥井が質問を受け、万吉が文字に替え、その答えをまた万吉が文字にする筆談が行われた。内容は、漂着したとき長老に話したことの繰り返しだったが、より詳しく訊ねられた。

帰国するのか清国に帰化するのか。先に長老が言ったことと同じことを役人は問い質した。日本漂流民は行く末を考え、態度を決しなければならなかった。鳥井が、万吉を通じて話し合いの時間がほしいと答えた。

「いと、いと」

役人が引き上げようとしたとき、子どもたちがいとを取り巻いた。

この騒ぎはなんだ、とばかりに役人たちは顔をしかめた。長老が、かくかくしかじかと説明した。

「ほう」といったかどうか、役人の長は、がぜん興味を示した。そして長老宅前の広場にどっかと腰を下ろした。「舞え」という仕草をして漂流民をにらんだ。命令だと言わんばかりだった。

「万吉さん、見せてやれ、日本の技を」

船頭の鳥井がうなずいた。

万吉は太一、太助、春松、いとを手招きした。

「さあ、着替えるんだ。久しぶりだな。思いっきりやれ」

万吉は漂流中のどんな暴風雨のなかでも離さなかった笛と太鼓を手にした。

獅子たちは縞の立付け袴、筒袖に襷、赤い獅子頭に頭巾という可憐な姿に早変わり。

役人や村人たちの、ほうっというため息が聞こえた。

「いくぞ！」

万吉の声が流れた。

ピョロロォー、ピーヒャラ、ピー
始まりの笛の音が鳴り、

テテン、テンスケ、テレック、テン
太鼓が響いた。
「さあさ、海南島のみなさん」
和語（日本語）は通じないと思いつつ、万吉は口上を始めた。
「我らは遠く離れた日本漂流民でございます。皆々さまには大変お世話になっております」
万吉は頭を下げげた。
「お礼に拙《つたな》い芸をご覧にいれます。越後月潟村の角兵衛獅子でござーい」
「まずは獅子、勇みの技、さっそく取り始まり」
万吉の技芸を先導する口上が始まる。
「獅子の頭をぞっくり揃えた
獅子を生かして、悪魔払えと
一度に舞い込む
これで構えた形は、獅子で牡丹か
牡丹唐獅子」
太鼓囃子が入る。テケテンテン、テンスケ、テンテン
役人も村人も身じろぎもしないで見ている。
「差し替えましたは、蟹の横ばい
あなたよりこなたへと、雌蟹雄蟹は蟹の横ばい」

真似してスーッと横に這う子どももいた。が、「うまくはいかないや」というふうにあきらめ、また見入っていた。

「次なるは青海波」

「さらなる技は……」

宙返り、とんぼ返り、逆立ち、空転。その技のしなやかさと速さ。

獅子たちは異国人の前で芸を披露することに誇りを抱き、胸を高鳴らせた。

漂流中、陸を求めて最後に神に奉納した獅子舞芸を太一は思い出していた。

(芸には不思議な力がある！　言葉が通じなくても国境を越えて人の心をつなぐものがある)

きびきびとした技のなかに流れるような美しさがあった。本人たちもうっとりとしている様子だった。これまでで一番よい出来だと思った。全員の身体と心が一つになったように思えた。

どの顔も輝き、紅潮していた。

「これにて角兵衛獅子の打ち止め！」

獅子たちは最後のお辞儀をした。

仮面をかぶり勇壮に打ち鳴らす能登の五助の御陣乗太鼓にも釘づけにされていた。

広場の村人たちは総立ち。万雷の拍手、歓声が巻き起こった。

万吉は鳥井や伝吉、作造と眼を交わし、うなずき合った。

役人の長が飛んできた。興奮した面持ちで何かを訴えている。万吉が筆と紙を差し出した。

もどかしそうに受け取った。「精彩」と書いてあった。「素晴らしい」という意味だという。

「シェシェ（謝謝）」

万吉が覚えたての返事をした。

二人は肩を抱き合い、握手をし、その双手を空に向けて振り上げた。

獅子たちの眼になぜか涙があふれた。これは何なのだろう、どういう感情なのだろう。説明はできない。が、とても懐かしい、温かい気持ちになれたのだった。

役人の長が紙に書いて、見てくれという。いろいろ書いてあった。正確には理解できなかったが、どうやらこういうことのようだった。

――すごい芸だ。州の村々を廻ってカクベシシを見せてやってくれ。もちろん入場料を取っていい。

――日本に帰らないで、カクベシシをこの地に根づかせないか。その気ならどんな計らいも惜しまない。

とまで言った。懇願といってもいいほどの様子だった。

「見込まれたもんだ」

「日本に帰りたいと思っているのに」

漂流民の今後についての合議が急がれていた。

長老宅を借りて話し合いが行われた。

「そんなこと相談するまでもないだろう」

というのが船頭の鳥井はじめ吉徳丸乗組員全員の思いだった。

「帰りたいさ、何年かかっても。女房や子供がいる。年老いた親も待っている」

楫取りの伝吉が言う。

「言葉の通じないこんな寂しい村に残るわけにはいかない」

親仁の作造も頭をかきむしる。

「そうだ」

「まったくだ」

ほかの若い水主たちも口をそろえる。

万吉も腕を組み、宙をにらむ。

そのころ他村からも人々が押しかけてきていた。道という道にほこりが立ち、にぎやかな話し声が聞こえた。

「どうしたんですかい」

鳥井が目を白黒させて長老に訊ねた。

「ああ、カクベシシの評判が伝わったんだ。役人様があちこちで触れ回ったらしい」

そんな意味の文字を紙に書いて見せた。

「ええっ」

驚きと喜びの声があがった。

人々は長老を取り囲んで口々に叫んでいた。角兵衛獅子を見せてくれ、と言っているのだろう。

「ちょっと待て。今は話し合い中だ」

「俺たちも遠くからきたんだ」

押し問答をしているようだ。

漂流民の「帰国か帰化か」の論議は中断せざるを得なかった。

長老が腰を折り「カクベシシ、頼むよ」の仕草をしている。

鳥井が万吉にうなずいた。

「みんな、準備はいいか」

太一、太助、春松、いとが着替えて並んだ。

赤い小さな獅子頭と頭巾、立付け袴、筒袖に襷の可憐な姿。

ピーヒャラ、ピョロロォー
テテン、テンテン、テンスケテン
万吉の笛、太鼓が響く。

「ささ、もっと寄って。よーく見てくれ」

楫取りの伝吉が見物人を手招きし、円形の輪をつくる。

万吉が話し始める。

「我らは日本人。船が暴風雨にあって何カ月も大海原に漂流した。飢えと渇きで死ぬ直前にこの島に漂着。長老をはじめ村の人に助けられた」

言葉が分かろうが分かるまいが経過を述べた。述べずにはおれなかった。

長老が万吉の横で、手ぶり身ぶりで話し始めた。万吉の言葉を見物客に知らせる通詞の役をかって出ているのだろう。

「さてこの四人は技に優れた、越後の角兵衛獅子でござーい」

老若男女の眼が一斉に注がれる。

「まずは乱菊
身体はそっくり立ち合いの技
あなたよりこなたに跳ね返す、獅子の勢い乱菊」

勢いのある速い動きに見物は眼を見張る。

「差し替えましては青海波
身体そっくり立ち合いの技
あなたよりこなたへと、くるりくるりと廻る、大波小波は青海波」

押し寄せては返す波の形がそこにあった。

「打ち止め」まで十五の技芸が披露された。

あちこちの村からやってきた人々は堪能した様子だった。その余韻を満足げな表情に十分見て取れた。

子どもたちは、いとたちに近寄ると赤い獅子頭や襷を触ったり、握手を求めたりした。何をしても怒らない、やさしい、いとは人気者だった。

「ニッポンのカクベシシ」の評判は口伝えに広がり、連日のように人が押しかけてくるようになった。小さな村は、悲鳴をあげるほどだった。数少ない宿屋や酒場、雑貨店などの店にも客が絶えず訪れ潤った。

清国最南端の、南国の太陽は明るく、暖かい。海岸線は美しく延び、少し内陸に入ると緑豊かな森林地帯もあった。風が森の香りを運んでいた。

漂流民たちも身体を癒やし、ゆったりとした日々を楽しんでいた。

島はこの国にはめずらしく亜熱帯気候で、南国的な浜辺や椰子《やし》林が見られた。海は深く静かで透明、珊瑚《さんご》の上には赤や黄色の熱帯魚が群れていた。夜になると夜来香《いえらいしゃん》が匂った。

海南島は流刑地として知られ「天涯海角」とも呼ばれてきたという。明時代の政治家、海瑞もこの地の出身。皇帝に死を覚悟した諫言《かんげん》を行い、清廉潔白な人柄は民衆から絶大な支持を受けたといわれる。

長老と村人はそんなことも教えてくれた。

天平のころ、五回目の渡日に失敗した鑑真和尚が難破してたどり着いたという地点もそう遠くはなかった。

海南島滞在は一カ月が二カ月になり、三カ月になろうとしていた。

そんなある日、思わぬ人物が角兵衛獅子を訪ねてきた。引き締まった筋肉質の身体の持ち主だった。張剣英と名乗った。はるばる桂林から供人と二人でやってきた。

村の長老と万吉を介して筆談が始まった。

男は十日ほど前に角兵衛獅子舞を見にきたと言った。そういえば、獅子一人ひとりの技を食い入るように見ていた男がいたことを、万吉は思い出した。その翌日も見物の後ろの方にいた。隠れるようにして獅子の技を前後左右からじっくり観察していた。終わると音を立てずに拍手をしていた。あの男だったたか、一体何者だ。長老に聞いてもらった。

「雑技団」

紙に書かれた文字を見つめる。

万吉には分からない。

船頭や楫取りを呼んだ。三人でまた眺める。が、首をひねる。でも「技」だ。何の技だ？

もどかしそうにしていた張と連れの男が立った。そして、間合いを取って、動き始めた。後ろを向いて頭に何かをかぶった。

「おおっ」

みんなあっけにとられた。

「獅子だ！」

音曲こそなかったが張と連れの男は獅子舞を始めた。二人が一匹の獅子になる二人立ちの獅子舞で、男性的で雄々しかった。この国でも獅子は吉兆の動物として親しまれているという。

後に聞いたことだが中国の獅子舞も邪悪を退散させ、五穀豊穣を願う農民の間から生まれたとのことだった。中国には北方獅子と南方獅子があり、前者は色鮮やかで動きがやわらかく優雅だという。北方は宮廷で舞われ、南方は民間で舞われたともいう。角兵衛獅子も日本各地の獅子舞を研究して体系立った独自の技をつくりあげられたもので、共通点が多いことに驚いた。

もしかして獅子舞は中国から伝わったのかも知れない。万吉は、そう思った。

太一も太助も春松、いともわれを忘れて手を打っていた。

二人は、さらに別の演技に移った。

頭上に壺や皿を載せて廻す芸、独楽《こま》廻しや綱を使った芸、足の裏で椅子や卓を廻す芸、長い竿を操る芸、人を肩に乗せ身体を弓なりにしならせるという技までやってのけた。全身が研ぎ澄まされていた。

その身のこなし、体術、力強く迅速な演技に村人が、いや誰よりも角兵衛獅子たちが眼を見張った。

「すごい」

「日本にはない」

顔を見合わせた。

相当の訓練で身体能力を磨きに磨いていることは容易に想像できた。だが、角兵衛獅子も「雑技」に劣っていないという自信と誇りはあった。何より角兵衛獅子は若い肉体のしなやかで美しい技が特徴だった。

張が何のために角兵衛獅子に会いにきたか、万吉は薄々気づいてはいた。だが、「雑技」のことをもっと詳しく知りたい、学ぶべきものがあるはずだと思った。

万吉と太一、太助、春松、いとの五人は、長老の家で張から「雑技」の話を聞いた。終日に及んだ。

およそ、こんな話だった。

「雑技」は古来の曲芸、芸能で二千年余の歴史をもつといわれる。敦煌《とんこう》の壁画にも「雑技」を披露している絵が残っている。

「雑技」の基礎訓練の理念は「静」「穏」「巧妙」「正確」だという。それは角兵衛獅子の訓練の精神とも共通するものだった。六歳くらいから毎日、早朝から厳しい訓練を積むという。逆立ち、とんぼ返りを十数時間、多くの動作を数十回と繰り返す。辛くて泣くという。十二歳で一人前となり、舞台に立つ。角兵衛獅子と実によく似ていた。

角兵衛獅子たちが特に興味をそそられ、「雑技」を身近に感じたことがあった。

一つは、清時代に入って宮廷の保護を離れ市中の見世物として盛んになった。芸人たちは重い税を逃れて流浪の旅に出た。農民一揆軍の中にも雑技の芸人がいたともいう。貧しい故郷を出て街道を行く漂泊の旅芸人は角兵衛獅子と同じだ。

もう一つは、「雑技団」は農閑期になると旅に出て稼ぎ、春の種まきのころにまた村に戻る半農半芸の暮らしだった。

「おらたちと一緒だ」

太一が思わず言った。角兵衛獅子の起こりとよく似ていたからだ。

「なんだか楽しくなってきた。一緒にやってみたいな」

いとが眼を輝かせた。万吉も内心、いとと同じ思いだった。そのことが逆に怖くもあった。

長老を介して張が万吉と筆談した。

「カクベシシは優れている。子どもたちの才能が素晴らしい」

「ありがとう」

「桂林の雑技団と競演しないか。好敵手だ」

「ええっ漂流民ですぞ、帰らねば」

「桂林で他流試合をしてからでも遅くはないだろう」

「他流試合？」

「そうだ、どっちが世界一かを」

二人を囲んだ獅子たちは、文字の書かれた紙を穴のあくほど見つめている。

「世界一を？」

この国特有の誇張だろうか、いちだんと話は大きくなった。そして双方のやりとりは次第に熱を帯びていった。

「万吉さんよ、頭を冷やせよ」

苦々しくそう言ったのは船頭の鳥井だった。

翌日、十五人は久方ぶりに帰国の話し合いに臨んだ。

「難破してもいい、死んでもいい、帰りてぇ」

親仁の作造は泣かんばかりだった。

「みんなで帰ろうぜ」

あの髭の大男も言う。

吉徳丸の船頭で責任者の鳥井は、一日千秋の思いで待っている自分の家族と雇い入れの水主たちの家族のことを思い浮かべている。

「生まれた国の土に還《かえ》るのが人の道というもんだ。準備を急ごうぞ」

角兵衛獅子たちを見回しながらこうも言った。

「芸が評判だからと浮ついているんじゃないぞ」

乗組員と角兵衛獅子、双方が黙り込んだ。長い沈黙を破ったのは、いとだった。

「佐渡の遊郭へ売られた姉ちゃんにひと目会いたい。姉ちゃんのことを思うと泣きたくなる。でも、でも……」

いとは一度言葉を切った。

「桂林へ行ってみたい。角兵衛獅子の芸を広げたい。重三郎親方もきっと許してくれる」

「まだそんなことを」

鳥井は声を荒げた。

「自分が居たいところ、そこが自分の国、故郷だと俺は思う」

「万吉、お前まで」

さえぎろうと鳥井。

「おらも。そばに自分を大事に思ってくれる人がいれば寂しくない」

と言った太一は続けた。

「月潟村の洪水で親兄妹を流された。弟と一緒に角兵衛獅子になった。故郷はないと同じだ。

獅子舞に熱中できて楽しく暮らせるならその方がいい」

　春松は、はっきりしていた。

「おら、とうちゃんやかあちゃんに捨てられたようなもんだ。もともと郷里なんてないや。万吉若親方たちが家族だ。家族のいくところへ行く」

　誰もがすでに故郷を失っていた。

　万吉は腕を組み、宙をにらんだ。顔に苦汁の色が浮かぶ。

「どうしたものか」

　沈黙した。

「何か言え、帰ると言え」

　迫る鳥井船頭。

「船頭、俺も残りたい。桂林へ行きたい。日本は恋しいが、俺の生まれ育った深川には誰もいない。俺の家族も角兵衛獅子だ。故郷は心のなかにあればいい。桂林を第二の国、故郷にしたい。何年もかかり、生死をさまよう船旅はもういい」

　桂林への共感と憧憬があった。

　訴えるような、絞り出すような万吉の言葉は獅子たちの胸を打った。

「異国に骨を埋めるというのか、嘆かわしい」

　楫取りの伝吉が吐き出すように言った。

「永住の地が欲しい。運命と思うております」

きっぱりとした万吉の口調に晴れやかさがあった。

長い話し合いの末に結論は出た。

――吉徳丸の乗組員十人は、船の修復をあきらめて解船し帰国する。日本廻船が寄港する浙江省の乍浦まで行き、好機を待つ。御陣乗太鼓の能登の五助もその一人だった。角兵衛獅子はひとまず張剣英が誘う桂林へ行く。

――ここ海南島の崖州を北上し海口を経て海峡を渡り、雷州から北上し高州、梧州まで行き、そこから乗組員と角兵衛獅子は別々の道を行く。

喜んだのは張だった。

「ありがと、ありがと」

一人ひとりの手を握り締めた。

その夜。長老の家の大広間で乗組員と角兵衛獅子は別れを惜しんだ。長老の計らいで地酒と心づくしの料理が出された。

「漂流も飢餓も一緒だった。ともに苦労してきたのにのう」

船頭の鳥井がしみじみ言う。ほかの者もうなずいている。

「ありがとうございました。みなさんと一緒だったことは一生忘れません」

万吉が飲めない酒で顔を赤くしながら頭を下げた。

苦しかった思い出が口々に語られた。生々しくて未だに口に出せない者もいた。

第7章　桃源郷

寛政五（一七九三）年——。

吉徳丸と角兵衛獅子の生存者十五人は、海南島の崖州を出発した。雑技団の二人も加わった。

「元気でな」

「気をつけて」

長老と村人たちが見送ってくれた。

知恩報恩。海南島の人たちから受けた恩は忘れてはならないと万吉は心に留めた。漂流した海は大きかった。だが、それよりも大きいのは空だった。空よりも大きいもの。それは人間の心だと思った。

崖州から北上して海口へ、船で海峡を渡り雷州へ。雷州から高州大陸に渡った。

海はおだやかで、あの恐怖の暴風雨、漂流、そして漂着が信じられなかった。

「悪夢だったたな」

船頭の鳥井が言えば、

「よく生きていました」

万吉が獅子たちの顔を見ながら応えた。

「さあ元気に歩こう」

太一がかけ声をかけた。

日本漂流民十五人は足どりを早めた。

所々の町や村で角兵衛獅子と雑技団が競演した。

ピョロロォー、ピーヒャラ、ピー
テテン、テレックテン、テンスケテン
万吉の笛、太鼓が見物を集める。

「何だい」とばかりに人々はやってくる。

獅子の衣装は、赤い小さな獅子頭、長い襷、立付け袴に筒袖。この国では獅子は麒麟《きりん》に次ぐ人気者。獅子頭をじっと見つめる老若男女。

「我らは命を助けていただいた日本漂流民。お礼に角兵衛獅子の技をお見せいたします」

万吉の口上が始まった。

雑技団の張剣英が手ぶり身ぶりも交えて通訳している。

「先ずは青海波
身体そっくり立ち合いの技
あなたよりこなたへと、くるりくるりと廻る、大波小波は青海波」

「差し替えましては乱菊」

立て続けに九つの芸を披露した。

見物は、獅子の舞にうっとり。忘れていたかのように拍手、歓声が起きた。

次は俺たちとばかりに張と連れの二人による雑技が始まった。頭に壺や皿を載せて廻したり足の上で椅子や卓を廻したり……。

万吉と張が手をつないで上に振り上げ、深く頭を下げるとヤンヤの喝采が巻き起こった。

「清国万歳、日本万歳」

感極まってそう叫ぶ者もいた。

獅子たちもその興奮の渦の中にいた。

一行は、高洲などの村々を越え、梧州に着いた。

梧州は西江、郁江、桂江の合流点で内陸の良港。唐の時代に設置された古い町で清時代に梧州府となった。苗族などが多く住んでいるという。

中心街の一郭で足を止め、一行は輪をつくった。

誰もが言葉少なになっていた。

遠い永の別れが待っていたからだった。

だが、なかなかそれを言いだせなかった。

もう涙している者もいた。

万吉が船頭の鳥井に近づいた。

「船頭さん、お世話になりました」

あとは言葉にならない。

「お互い、よくがんばったな」

鳥井は涙をこらえ空に眼をやった。

太一と太助が、楫取りの伝吉、親仁の作造に頭を下げた。二人は太一と太助の背中を思いっきり叩いた。

髭の大男が隠れるようにして、いとを見ている。眼は「ごめんな」と言っている。いとが「ううん」と首を横に振った。

漂流の地獄の日々が脳裏をよぎった。それを共有した者同士にしかない深い絆が生まれていた。

その離れ難い結びつきを今、解かねばならない。

別れといえば昔よりというが、幾つの出会いと別れに遭遇すればよいというのか。

「達者でな！」

「生きていさえすればまた会えるさ」

吉徳丸の乗組員は梧州から生還の寄港地、上海南方の乍浦へ向かった。

果たして生きて帰ることができるのか。たとえ日本にたどり着いても、懐かしい故郷へ向かうことができるのか。幕府は未だに鎖国政策をとり海外渡航を禁止していた。漂着も渡航と同様にみなされた。船頭たちはそれでもなお帰りたかったのだ。だが、漂流民には幕府の厳しい取り調べと監視が待っている。故国や故郷も決して安住の地ではなかった。乗組員はそれを覚悟してはいた。

角兵衛獅子と張らは、梧州から船で桂江をさかのぼり桂林を目指した。海南島から船で雷州、梧州へ、梧州から船で桂江をさかのぼる桂林への道程は、天平の昔に唐の鑑真和上が歩いた道でもあった。台風に遭遇し五度目の渡日に失敗して海南島に漂着。三カ月後に桂林へ向かった。鑑真和上はその後、六度目の決死の渡航でやっと平城京にたどり着き、日本仏教の礎に大きく貢献したのだった。

角兵衛獅子たちは桂林には、かけがえのない希望の園があるような気がしていた。

「ここは何というところ?」

「梧州だ」

案内役、雑技団の張剣英が所々の地名を教えてくれた。

梧州で西江に流入する桂江(漓江)は陽朔から桂林へと流れ行く。

陽朔は漓江西岸に位置し独特の景観を持つ。船は桂林までの間、奇峰奇岩の風光秀麗な中をゆったりと滑った。

「きれい」

いとは、うっとり。

「すげえ」

太一、太助、春松は息を呑む。

「うーん、何もかも日本とは違う」

万吉も唸《うな》る。

透き通った流れの両岸に迫る奇岩。まるで水墨画のような風景が展開し、迫ってくる。幾重にも重なる山々。その一つひとつがさまざまな表情を見せてくれる。

角兵衛獅子たちの様子を雑技団の張剣英と連れの男が満足そうに見ている。

可憐な小さな赤い獅子頭と長い襷、立付け袴。乗り合わせた他の乗船客が角兵衛獅子たちの姿を物珍しそうに眺めている。

張が何かを言ったが言葉が分からない。

張はにこにこしながら万吉を見たかと思うと、間合いをとって供の者と二人で雑技を始めた。乗船客から拍手が起きた。動きを加速させながら角兵衛獅子たちを手招きし、誘い出そうとしている。

「まいったな、やるか」

万吉が苦笑しながらに言う。

「よっしゃ」

太一が応える。

笛太鼓、口上なしに、自由に張たちと即興の技を競い合い、楽しむように身体を動かした。くるくる飛んだり跳ねたり逆立ちしたり、頭上や足に物を載せて廻したり肩に男を乗せたり。雑技団と角兵衛獅子は息もぴったり、舞い狂い踊り狂った。

「カクベシシ」

「カクベシシ」

ニッポンのカクベシシを期せずして連呼。ヤンヤの歓声が起こった。張が獅子たち一人ひとりと握手をし、その手を勢いよく上に振り上げた。いっそう大きな拍手が鳴った。

船は、山水の故郷を眺望するために歴代の画人が訪れたという大河を上る。飽きることなく角兵衛獅子たちの船旅は続いた。

どのくらいの時間が経ったのだろう。船は止まった。

「ここだ」

張と並んで陸影を見ていた万吉が叫んだ。

太一、太助、春松、いとが手をかざして見つめる。

目的地、桂林に着いたのだった。

漂着した海南島は熱帯気候だったが、ここ桂林は空や陽の色がやわらかく空気は涼しかった。張の説明によれば、秦代に桂林郡が置かれて以来千八百年の歴史をもつ古い町。岩肌や崖に刻まれた詩文などは桂林碑林として讃えられているという。

一行は漓江の河口の町に七泊した。

張剣英が属する雑技団との交流、競演が続いた。団員は二十人、角兵衛獅子は五人。その組み合わせの妙技に、どこでも黒山の人だかりができ、その輪は二重三重に広がった。カクベシシの評判は日増しに伝搬していった。技を教えてくれという若者も出てきた。一緒に旅回りをしたいという男もいた。

万吉と獅子たちも雑技団との競演に新たなものを見出し、ますます技を磨いていった。見世物芸から美を追求する芸術にまで高められていくような気がした。

万吉は、角兵衛獅子の技、芸をとことんまで追い求め完成させたいという夢を抱くようになった。

「どこかいいところはないか」

その場を探していた。

気にかけていた張が見つけてくれた。ここからは遠い山の中だという。張は、よく知っているというその村の長に紹介状を書いてくれた。詳しい地図もつけてくれた。

「お互いに行ったり来たりしようよ」

張はそう言って万吉の肩をポンと叩いて送り出してくれた。

「また一緒にやりたい」

と、いと。

「技はどっちが上か、いつまでも競争だ」

太一が胸をたたく。

「張さん、ザイジェン」

「再見」、さようならの意味だ。太助と春松が声をそろえた。覚えたての言葉だ。

万吉たち五人は旅立った。

季節は春。

見知らぬ国の果てしなく広がる大地を歩いた。

悠久の時と自然がつくった深山幽谷。霧や雲海に包まれ天を突く雄大な岩群、はるか遠くに紫色にかすむ山々。それは奥深い墨絵の世界だった。

どのくらい歩いたのだろう。六日目、いや七日目だったたか。

ふっと風景が変わった。山裾の回り切ったところでいきなり眺望が開けた。

ここはどこ？

村を抱きかかえるように流れる清らかな川が見え、林が現れてきた。林はそれまでの巨林、雑木林ではない。桃だけの華やかな林だった。川の両岸に長く続いていた。風が川面に美しい花びらを散らしていた。ほんのりとやさしい香りが漂っていた。桃は永遠の命の象徴だという。春に花咲けば秋に実がなる。光り輝くような別世界だった。

「なんてきれい」

いとの口から洩れた。川に流れる桃の花びらを、ひとひら掬《すく》い、手のひらに載せた。

川にかかった小さな橋を子どもたちが楽しそうに歌いながら渡ってくる。

田畑が広がり、人々が農作業に精を出している。豊かな実りが見える。どこからともなく話し声が聞こえてくる。

「ニイハオ」

「你好」、こんにちは。思わず太一が声をかける。

鍬《くわ》を手にした老夫が腰を伸ばして手を上げる。

楡や柳に囲まれた茅葺の家が転々と見えてくる。あちこちに桑や竹が茂っている。小鳥がさえずり、庭先には牡丹やシャクナゲ、プラタナスなどの花が咲き乱れている。ニワトリが庭を歩き回り、犬が鳴いている。あたたかなやさしい風が吹いている。満ち足りてどこまでものどかだ。

ゆったりと輝くように美しく、人を包み込むようなぬくもりのある、懐かしい田園風景がそこにあった。

張が紹介してくれた村長の家を若い農婦に聞いた。わざわざ一緒についてきてくれた。村長の家も村人の家と同じ茅葺の質素な家だった。

紹介状を読み終えた村長は、白く長いあご髭をさすりながら、大きくうなずいた。そして門をくぐり小さな内庭を通り、家の中へ招き入れた。妻が笑みを浮かべ、一人ひとりに茶を入れてくれた。

「シェシェニダパンチュー、お世話になります」

万吉は懐から紙と筆を取り出して相当の「謝謝你的幇助」と書いた。張が教えてくれたのだった。

村長は劉陽景と名乗った。張からの手紙で角兵衛獅子のこれまでの事情を知り、同情した。そして、ここ桂林に住みたいという願いのあることに心を動かされていた。

「朋《とも》あり遠方より来る、また楽しからずや、といううんじゃのう」

村長は詠うように言った。

後に聞いたことだが「桂林一枝」という言葉があって、非常に優れて高潔な人をいうのだという。村長は、まさにそんな人だった。

夜、心づくしのご馳走をいただき、ゆっくり寝させてもらうことにした。

「異国で草鞋を脱ぐとはな」

万吉が感慨深そうに言い、いびきをかき始めた。

獅子たちもこれまでの疲れがどっと出たのか、たちまち深い眠りに落ちて行った。

翌朝。

霧が徐々に消え、陽光が射しこみ、絵のような田園の景色が遠くまで眼に映った。

角兵衛獅子は限りない安らぎと静寂の中にいた。

思えばこれまで辛いことばかりだった。天侯不順、凶作、飢饉。困窮、娘の身売り、逃亡、百姓一揆。世は乱れていた。そして漂流中の卯七組・清二組との別れ、飢餓の地獄の日々。そんな混乱・波乱の中を獅子たちは生き抜いてきた。多くのことを見聞きし、たくさんの不幸や悲しみや怒りを知った。苦しい、困難の長い旅だった。だが、生きている実感があった。

一人ひとりを強く豊かにした。

(この子らにお上、幕藩は何も手を差しのべてくれなかった。苦労したな、頑張ったな。お前たち、もう幸せになっていいんだ。不幸ばかりじゃないんだ)

万吉は獅子たちを守り、獅子たちは彼に力と勇気を与えた。万吉には、彼らがこのうえなく健気で愛おしく思えた。

村長や村人たちとの新たな夢のような暮らしが始まった。

豆と野菜、魚だけの質素な食事だった。粟や黍《きび》が大半だったが時々、米や麦や麺を分かち合ってたらふく食べた。飢饉の続く日本では考えられない食事だった。

声がかかればどこへでも行って角兵衛獅子の舞を披露した。行くところ行くところで好評を博した。噂は広がり、噂が噂を呼び、遠くから見物がやってきた。静かだった小さな村は急に賑やかになった。

一方で万吉たちは技種を増やし、その一つひとつに磨きをかけていった。

習いたいという子どもたちも増え、村長と相談して角兵衛獅子塾を開設した。太一、太助、春松、いとの四人は師匠（先生）にならねばならなかった。そんな年齢になっていた。

「俺が師匠かよ」

一番うれしそうだったのは春松だった。彼が一番年下だった。俺にも弟子ができるというわけだ。

だが教えることは容易ではない。

「さあ、稽古だ！」

万吉がかけ声をかける。

今日の弟子志願者はちょうど四人。一対一の稽古ができる。

「太一、教えてみい」

相手は七つくらいの男の子。

まずは「逆立ち」。これが一番の基本。太一が実際にやって見せる。手をついて逆立ち、腰を曲げ、胸を突き出して両足をそろえる。それを何回もやって見せ、相手にやってもらう。男の子は見よう見まねで動く。が、当然ながら簡単にはできない。太一が両手で足を支えてやる。すばしっこい子で音を上げずについてくる。次は反り返って腹を上にし両手を床につける技に進む。

「よくやった。たやすく出来るもんではない。毎日くるんだぞ」

男の子はうれしそうだった。

太助にも「逆立ち」の稽古をつけさせる。相手はまだ五つくらいの男の子。

太助は兄の太一より覚えが早く獅子たちの間でもその技はずば抜けていた。だが、教えることは別のようだ。演技して見せて先導するが、男の子はうまく出来ない。当然といえば当然のことだ。が、太助はいらいらしている。

「何やってるんだよ、ままごとじゃねえ」

男の子はうつむく。委縮してか身体が動かない。

「お前やめた方がいい」

怒鳴った。

万吉が走ってきた。

「まだ五つだ。もっとやさしくしろい」

一方では春松が六つくらいの男の子に「跳ねる」を教えている。

「いいか、よーく見てろ」

実際にやって見せる。手をついて逆立ちし、足を上に上げ、深く身を反らせて足を下方におき、手を離して立ち上がり、元の直立の姿勢に戻る。春松は一つひとつの動作をできるだけゆっくり何回も何回もやって見せた。

男の子は一生懸命に身体を動かす。だが、一つの動作を見ただけで身体能力が劣っていることが誰の眼にも分かる。春松はかつての自分を思い出していた。若親方の万吉に「ぐず、のろま」と言われ厳しい稽古に耐えてきた。だから自己嫌悪や悔しさがよくわかる。

「いいぞ、だんだんよくなってきた」

声をかけて励まし、ほめてやった。教えるって難しいけど楽しい、と春松は思った。

いとは、女の子の相手をしていた。

「いくつ？」

右手の指五本と左手の二本を立てる。

「七つね」

「お名前は？」

女の子は「蓉春」と紙に書いた。

「そう、ヨウちゃんね」

「私は、いと」

まずは緊張をほぐす。

「見てるのよ」

いとは「戻る」の稽古を始めた。自分でゆっくり何回もやって見せる。

「あわてなくていい、私と一緒にやるのよ」

やがて蓉春の腰を支え、足先を軽く押さえる。蓉春は手を上に上げ、後方へ身体を反らす。

「そうそう」

蓉春は、わりとしなやかだ。

「もう一度やってみて」

少し自信が出てきたようだ。

何回も繰り返す。

「蓉ちゃん、今日の稽古はここまでよ」

いとは、小さな蓉春の身体を抱き、頭をなでてやった。

見ていた春松は、かつて若親方に「ぐず、のろま」と叱られて泣いたときに、いとが一緒に涙を流してくれたことを思い出していた。

たしかに教えることは難しかった。だが、勉強になったと獅子たちは語った。教えながら自分の技を見直すことにもなった。米粒が苗になり、やがて稲穂が実るときに似た満足感があった。弟子たちがそれを教えてくれた。

村長は時々稽古を見にきていたが、ある日、こんな言葉を紙に書いてくれた。

「青は藍より出でて藍より青し」

青の染料は藍草から採れるが藍草より青い。原料の藍よりも、それから採れる染料の方が青い。つまり弟子は師匠よりも優れた成果を挙《あ》げることができる。中国古来の言葉だという。

「なるほど、たしかに」

万吉をはじめ角兵衛獅子たちは思った。弟子たちはやがて自分たち師匠を越えて行くだろう。日本の角兵衛獅子が異国の清国に根づくことになる。それはなんとすばらしいことだろう。

困難はもう一つあった。言葉の壁だ。教えるにも最低限の言葉は必要だった。

いとの提案で、劉村長に頼んで中国語を教えてもらうことにした。そのためには日本語も知ってもらわないとならない。そこで「中国語学校」と「日本語学校」が一度に出来た。「日本語学校」の先生には、いとが推された。

言葉を教え合うことは容易ではなかったが、心で分かり合えると信じた。風俗や習慣、言葉は違うが、教え合うなかで日本が中国から受けたさまざまな影響を知ることにもなった。

あるときの中国語学校。村長の劉先生が太一の顔をしみじみ見ながら言った。

「中国に古くからお前さんと同じ『太一』と名のつく考え方があった」

「えっ、太一？」

「そうだ」

劉先生の話はこうだ。

『太一生水』という文献があった。それは万物の根源に絶対的存在として「太一《たいいつ》」をおき、それが水を生み、水の仲立ちを得て天が形成されると解かれているのだという。

太一は聞いてもよく理解できなかったが、水が大元という考え方があって、それにつけられた同じ名前だということは分かった。だが、大洪水で家族を失ったことを思うと「水が大元」などとは信じたくはなかったが、「太一」に立派な意味があることに不思議な親近感をもった。俺の先祖はもしかして中国人か、などと思ったりした。

遠くからやってくる張剣英の雑技団との合同公演も何回も催され、見物客を熱狂させた。

月日はまた流れた。

この年寛政七（一七九五）年、少数民族の苗族が各地で一斉に蜂起した。清朝に奪われた土地の奪還を求め、洪秀全率いる太平天国の乱に呼応して十年余のたたかいとなった。清朝は村々を焼き払い、大量の血が流れた。太平天国はやがて敗北する運命にあったが清朝の支配に反旗をひるがえし、地上の天国、反王制政権を打ちたてた。人はみな平等であり、兄弟姉妹であって、土地財産は共有すべきものという高らかな宣言は多くの民の支持を得た。

翌年、中国では白蓮教徒の乱が起こった。郷紳地主の社会を非難し、相互扶助と平等の社会をめざした。儒教倫理にもとづく家父長権や君主権を否定した。後に異教宗教として厳しく弾圧されたが、その理想と目標は多くの人々の心をつかんだといわれる。

「角兵衛獅子塾」の生徒は二十人にふくらんでいた。

「日本語学校」も三十人は超えていた。

小さな奇跡が毎日起きていた。

日本漂流民・角兵衛獅子は清国桂林の村に根付き、溶け込んでいた。すっかり立派な村人の一員になっていた。

この地を紹介してくれた雑技団の張剣英は、「少し変わった不思議な村だが、いいところだ」と言っていた。

たしかに戸惑いや驚きはあった。が、村人は温かく、つつましく、善意にあふれ、親切で人なつっこく、働き者ばかりだった。日が出れば仕事をし、暮れれば休んだ。自給自足の暮らしだった。男たちは田畑を耕し、女たちは刺繍やろう染、竹器の編み物などに勤《いそ》しんだ。楽しそうな笑い声が聞こえた。

村長も村人も身分の違いはなかった。村長は村人の札入れ（選挙）で決められていた。女にも札入れの資格があった。住む家も着る物もかたよりがなかった。等しく分けあい、富む者、貧しい者の差が見られなかった。自由で平等だった。男も女も、年寄りも子供も屈託なく、楽しく暮らしていた。

「子は宝」。子供は大事に育てられていた。叩いたり、体罰を加えたりする虐待「折檻」は厳に戒められていた。「折檻」とは、もともと皇帝の怒りをかって宮廷から引きずり出されようとした臣下が檻《てすり》につかまったために檻が折れたという中国の故事に由来するものだった。厳しく叱り体罰を加えることを「折檻」というようになった。

角兵衛獅子たちには初め、信じられないことが多かった。

ある時、農夫が胸を張って誇らしく言った。

「村でいちばん偉いのは働く者たちみんなだ。村にあるものはみんな村のものだ。田も畑もみんな村のもので、個人のものはない」

強制のない、一人ひとりが大事にされる「みんな」の考え方が大元にあった。税金もただ同然だという。

角兵衛獅子たちも、今ではそれが当たり前で、いちばんいいのだと思えるようになった。かつて戦乱、重税や借金、賦役や兵役を避けて村ごと引っ越してきたとも聞く。戦のない平和で美しい理想の村とは、こういうところなのだろうと思った。母の胎内にもどったような、ほのぼのとした温もりがあった。

こんな村をつくり上げるまでにはおそらく、想像もつかないような苦難と気概があったに違いない。日本の徳川幕府の無慈悲な政治を思えば、とても考えられないことだ。万吉たちはそう語り合ってきた。


時の経つのは早い。時は、時代を過ぎゆく旅人のようなものだ。

夢か現実か分からないような、満ち足りた日々が続いた。

「これでいいのだろうか」

角兵衛獅子の誰もが思った。

思わぬ幸せが怖くもあった。

桃の花が咲き乱れる美しい春をまた迎えた。

角兵衛獅子たちが清国に漂着してから六年が経とうとしていた。

和暦の寛政十一（一七九九）年──。

若親方の万吉は、三十一歳になっていた。髪に白いものが見えた。すっかり村人に馴染み、村長に頼りにされる存在になっていた。村長の娘との間に子供が二人いた。

太一と、いとは夫婦になっていた。太一は、いとの一つ年上で二十二歳。いとの小さいころからの想い人だった。

重三郎親方の家で兄妹のように育った二人は、いつのころからか異性を意識するようになり、甘くしびれるような思いを抱いた。だが、角兵衛獅子の巡業、街道暮らしのなかで恋愛は〝御法度〟、不文律のことだった。お互い眼と心で愛を育んできた。それが桂林の村でようやく公になって、結婚に実り、祝福を受けることになったのだった。清らかな喜びと満足感が胸にあふれた。

村長夫婦が親代わりになった結婚式には村中の人々が招待され、二人を心から盛大に祝った。音楽が奏でられ、あちこちで爆竹が鳴り響いた。

手づくりの料理、酒席も設けられ、太一といとも酒盃を酌み交わした。

太一は終始、緊張気味だった。

「イトチャン、キレイ！」

「オメデトウ！」

「日本語学校」の子供たちが待ち切れずに、いとを囲む。

いとは、真紅の衣装をまとい、紅色の靴をはいていた。清らかで匂うように美しかった。

子供たちの頭を一人ひとりなでて回った。

「タイチ、イトチャンヲイジメタラ、ユルサナイ」

村の女たちが笑いながら太一をにらむ。

そんな様子をながめている弟の太助は十九、春松も十八歳になっていた。二人の横にはそれぞれ村の若い恋人がいて、そっと手を握り合っていた。

角兵衛獅子はいつまでも穏やかで満ち足りた幸せな日々をおくった。時々、限りなく遠い月潟村の空を思い出し、まぶたを熱くした。

だが、
ここが帰る故郷。

ここが桃源郷。

生きてゆこう、希望に燃えて。

あすはきっと、もっといい日になる。

太一といとは輝く太陽に両手を差しのべ、空と大地を、ものみな抱きしめようとした。

角兵衛獅子たちは、波乱の運命をたどって異郷の地に生きた。


太一といとは、後に葉という中国姓を名乗るようになった。物語冒頭の月潟村祭りで角兵衛獅子の舞を、涙を浮かべながら見ていた葉卓栄は、その末裔だった。

（完）

あとがき

江戸中期に越後月潟村を発祥の地とした角兵衛獅子。打ち続く天候不順、凶作、飢饉から村を救うために創案されたともいわれる。七歳から十三歳ころまでの少年少女だけの獅子舞で、その芸と技は江戸や京、大坂など広く全国に知れわたった。

物語は、乱世の世に哀しくも、たくましく生き抜いた角兵衛獅子の運命を描いた。諸国の村から町への街道暮らし、蝦夷への旅立ち、帰途の漂流と中国海南島への漂着、そして光り輝く桂林の桃源郷へ。

獅子の子たちの多くは親兄弟姉妹を亡くした孤児だった。父母を、出自を、境遇を自分で選ぶことはできない。与えられた場所で懸命に生きるしかなかった。助け合い、励まし合い、多くのことを見聞きし、たくさんの不幸や悲しみ、不公平を知った。彼らは時代の小さな証言者でもあった。時代はその子供たちの眼にどう映ったのか、子供たちは何を思ったのか、代弁者はいなかったのか。

主人公の一人、角兵衛獅子の若親方、万吉に言わせた。

「この子らにお上、幕藩は何も手を差しのべてくれなかった。苦労したな、頑張ったな。お前たち、もう幸せになっていいんだ。不幸ばかりじゃないんだ」

異国桃源郷での満ち足りた日々を、作者から角兵衛獅子たちへの、ささやかな御褒美としたかった。

歴史背景を押さえつつも、物語は想像と創造の世界である。

二百数十年の歴史をもつ越後月潟村の角兵衛獅子が、伝統芸能として末永く後世に伝えられることを心から祈りたい。

新潟市南区役所月潟出張所にご協力いただきました。心から深く感謝を申し上げます。

玄間太郎

2019年3月　越後湯沢にて

【主な参考文献】

（角兵衛獅子）

『月潟村誌』（月潟村誌編輯委員会）
『郷土芸能――角兵衛獅子』（近藤忠造編、月潟村）
『角兵衛獅子　その歴史を探る』（小湊米吉、高志書院）
『角兵衛獅子ものがたり』（江部保治、考古堂）
『折々艸』（関本芦村、関本芦村喜寿記念刊行会）

（郷土芸能、大道芸）

『新潟県民俗芸能誌』（桑山太市、錦正社）
『大衆芸能資料集成第三巻　座敷芸・大道芸』（小沢昭一・高橋秀雄、三一書房）
『郷土芸能』（三隅治雄、大同書院）
『三頭立て獅子舞　歴史と伝承』（飯塚好、おうふう）
『江戸の大道芸人』（光田憲雄、つくばね舎）
『大道芸大全』（馬越ふみあき、同文書院）
『旅芸人のいた風景』（沖浦和光、文春新書）
『海を渡ったサーカス芸人』（大島幹雄、平凡社）

〈船〉
『和船Ⅰ、Ⅱ』（石井謙治、法政大学出版局）
『船』（須藤利一編、法政大学出版局）
『弁財船往還記』（森梢伍、日本経済評論社）
『海の総合商社　北前船』（加藤貞仁、無明舎出版）
『北前船寄港地ガイド』（加藤貞仁、無明舎出版）

〈漂流〉
『最初にアメリカを見た日本人』（キャサリン・プラマー、日本放送出版協会）
『世界を見てしまった男たち』（春名徹、文藝春秋）
『異国漂流物語』（荒川秀俊、社会思想社）
『江戸漂流記総集』（山下恒夫再編、日本評論社）
『松栄丸「広東」漂流物語』（小林郁、無明舎出版）
『漂着船物語』（大庭脩、岩波新書）
『漂流記の魅力』（吉村昭、新潮社）

〈旅〉
『泉光院江戸旅日記』（石川英輔、筑摩書房）
『江戸の旅日記』（ヘルベルト・プルチョウ、集英社新書）

『世事見聞録』（武陽隠士、岩波文庫）
『芭蕉「おくのほそ道」の旅』（金森敦子、角川書店）
『菅江真澄の旅と日記』（内田武志、未来社）
『中山道を歩く』（児玉幸多、中央公論社）
『中山道六十九次』（八木牧夫、山と渓谷社）
『日本の街道』（西東社）

（民話・伝説）

『今は昔の物語』（藤山正行、新潟日報事業社）
『越後の国　雪の傳説拾遺』（鈴木直、歴史図書社）
『民話への招待』（岩沢文雄・安藤操編、有信堂）
『國文學』「日本の民話」（學燈社）
『新潟県伝説集成・下越編』（小山直嗣、恒文社）

（子供、女性）

『子どもの中世史』（斉藤研一、吉川弘文館）
『日本子ども史』（森山茂樹・中江和恵、平凡社）
『江戸の少年』（氏家幹人、平凡社）
『江戸の寺小屋と子供たち』（渡辺信一郎、三樹書房）

『海を渡ったサムライの娘・杉本鉞子』（多田建次、玉川大学出版部）
『日本女性史考』（西岡虎之助、新評論社）
『史料に見る日本女性のあゆみ』（総合女性史研究会編、吉川弘文館）
『中国女性史入門――女たちの今と昔』（関西中国女性史研究会編、人文書院）

（その他）

『南部藩落日の譜』（太田俊穂、新人物往来社）
『戊辰任侠録――越後の侠客・観音寺久左衛門』（中島欣也、恒文社）
『越後　豪農めぐり』（新潟日報事業社）
『江戸東京　街の履歴書②』（班目文雄、原書房）
『中国芸能史　雑技の誕生から今日まで』（傳起鳳・傳騰龍著、岡田陽一訳、三一書房）
『中国・海南島――焼畑農耕の終焉』（篠原徹、東京大学出版会）
『海南島物語』（そがべひろ、連合出版）
『江戸の危機管理』（新人物往来社）

玄間　太郎（げんま　たろう）

1944年、新潟県三島郡出雲崎町生まれ。新聞記者42年。著書に『青春の街』『車いす　ひとり暮らし』（共著）『少年の村 ― 出雲崎慕情』『起たんかね、おまんた ― 天明・越後柿崎一揆』『黄金と十字架 ― 佐渡に渡った切支丹』（第９回新潟出版文化賞優秀賞）『朝やけの歌』『ともかの市議選奮戦記』

角兵衛獅子の唄

2019年７月８日　初版第１刷発行

著　者　玄 間 太 郎
発行者　中 田 典 昭
発行所　東京図書出版
発売元　株式会社 リフレ出版
〒113-0021　東京都文京区本駒込 3-10-4
電話 (03)3823-9171　FAX 0120-41-8080
印　刷　株式会社 ブレイン

ISBN978-4-86641-248-1 C0093
Printed in Japan 2019

ご意見、ご感想をお寄せ下さい。

［宛先］〒113-0021　東京都文京区本駒込 3-10-4
東京図書出版